Teresa d'Yster

Nej då, jag är inte ensam,
det bara känns så ibland

Förlag: BoD · Books on Demand, Östermalmstorg 1,
114 42 Stockholm, bod@bod.se
Tryck: Libri Plureos GmbH, Friedensallee 273,
22763 Hamburg, Tyskland
ISBN: 978-91-8080-139-3

Stort **T A C K** till min älskade familj, & mina kära släktingar och vänner, som genom åren tvingats läsa mina texter, men som också beordrats lyssna när jag läst texterna högt. **T A C K** alla ni – ingen nämnd, ingen glömd – för allt tålamod, all uppmuntran. Och kärlek!

I

LIKT ETT TOMT ARK PAPPER

Likt ett tomt ark papper var min mammas bakgrund, som om hon kom från ingenstans. Inga ärvda vaser stod i köksskåpen, inget gammalt våffeljärn som hennes mamma hade gräddat våfflor i stod i vårt kastrullskåp, ingen avlagd kofta som tillhört min morfar hängde i garderoben, inga släktklenoder att vara rädd om överhuvudtaget, inga minnen alls att luta sig emot.

I en liten ram syntes den amerikanska skådespelaren Katharine Hepburn. Mamma hade hittat bilden i en tidning och klippt ut och ramat in. Vi gillade Katharine Hepburn. Ramen ställde hon i köksfönstret, och vi sa – när någon frågade vem det var – att det var min mormor.

Min mamma fick fylla det tomma pappret alldeles själv, bestämma vad hon skulle måla, vilka kulörer hon skulle använda; hon valde vilken historia hon ville ha, åt vilket håll hon skulle gå, utan att ha någon som visade henne vägen.

I VÄNTAN PÅ BUSSEN

Jag är sju år och har precis lärt mig att åka buss själv. Ensam står jag på busshållplatsen och väntar på bussen som ska ta mig ända till stan där mamma ska möta mig, där mamma jobbar som texterska på stadens stora varuhus.

Jag kommer alldeles för tidigt till busshållplatsen, som vanligt, och får vänta ett bra tag med magen full av fjärilar, resfeber och oro, skräck och vånda inför resan, över att hamna på fel buss och att kliva av på fel busshållplats.

Det kostar femtio öre för barn, och jag håller hårt i en-kronan som mamma har lagt fram på telefonbänken i hallen, och jag är väl medveten om att jag ska få tillbaka femtio öre av busschauffören, femtio öre och en barnbiljett. Hårt håller jag i kronan, hårt och ansvarsfullt, tills handen blir svettig, så pass svettig att en-kronan glider ur mitt stadiga grepp och hamnar på trottoaren framför mina fötter. Jag böjer mig ner för att plocka upp pengen, men det är sjuttiotalet, en tid då byxor skulle vara tajta även på knubbiga sjuåringar. De tajta byxorna gör att jag trillar ner på marken när jag böjer mig fram för att hämta mitt mynt. Jag inser det löjliga redan då, känner mig fånig och klumpig där jag ligger på asfalten bredvid min peng.

Det hade varit bäst om ingen hade sett mig, men alldeles bredvid står en vithårig gammal kvinna, tunn och bräcklig med en käpp att stödja sig på. Hennes spontana reaktion när hon ser den knubbiga lilla flickan ligga på marken är att räcka mig sin rynkiga hand så att jag kommer upp, som om jag inte skulle kunna resa mig upp utan hennes hjälp. Och jag tar emot hennes hand och skäms.

MIN BARNDOMS SOMRAR

Som barn tillbringade jag mina somrar hos min farmor och farfar. Till deras sommarstuga skjutsade farfar oss i den varma Volvo Amazonen. Jag låg i baksätet och sov under en stickig filt. I närmare femtio mil reste de för att hämta sitt lilla barnbarn. Femtio mil dit och femtio mil tillbaka. Och sen var vi där, i sommarstugan, och bara latade oss.

Här badade vi i havet och gick på dasset. Här pumpade vi vatten och bar hem det i en hink. Farfar bar två hinkar vilka han hängde fast i ett ok som han omsorgsfullt lagt på sina starka axlar, och så gick han hem med den ståtligaste hållningen, med stora kliv för att komma hem snabbt, snabbt.

Här lärde jag mig att simma och tillaga tjockpannkaka. Här lärde jag mig att läsa och skriva eftersom farmor var en pensionerad, tillika passionerad, småskollärarinna. Med hjälp av glasspinnar, alltså självaste pinnen som det tidigare suttit glass runt, lärde farmor mig att läsa ur gamla läseböcker med illustrationer av Elsa Beskow och Ingrid Vang Nyman. Glasspinnen låg som stöd för texten, och såg till att jag inte tappade fokus och for iväg med blicken; den låg under en rad i taget, men först hade jag förstås lärt mig alfabetet, där jag fick lära mig bokstaven O som i orm, S som i sotare och N som i neger.

Tack vare att jag lärde mig att läsa och skriva tidigt, kunde jag skriva långa brev hem till min mamma som var kvar hemma i stan och jobbade. Att ringa rikssamtal var dyrt, men ibland fick jag tillåtelse – eller så ringde mamma till mig – och då satt farmor och farfar tysta medan jag höll den stora bakelitluren i min hand. Telefonsamtal kändes på något vis heliga; alla, utom den som pratade i telefonen, var tvungna att sitta alldeles stilla, alldeles tysta, i den lilla sommarstugan om tjugosex kvadratmeter. Och min mamma pratade med en svag stämma, svag och skör, som om den skulle försvinna när som helst, som om den inte skulle nå ända fram. Hårt tryckte jag telefonluren mot mitt öra så att det blev rött och gjorde ont för att höra vad hon sa. Men hon sa inte så mycket. Hon var inte sån. Jag fick prata desto mer, högt och tydligt, dramatiskt och teatraliskt, som det ensambarn jag var.

Efter frukost fick jag följa med till det lilla postkontoret för att hämta dagens post och tidning, om jag ville, och det ville jag alltid. Jag riktigt gladde mig att få följa med, och när jag blivit lite äldre ville jag gärna gå dit ensam. Helst barfota, för att bevisa – för världen och för mig själv – att jag kunde gå utan skor utan att gnälla, att jag minsann hade hård hud som inte märkte av stora stenbumlingar och vasst smågrus.

De dagar som vi fick brev, stod jag kvar och tittade om det hade kommit något från mamma. Och om det hade gjort det, stannade jag kvar, satte mig på bänken utanför postkontoret och läste hennes brev. Och längtade hem.

DET ÄR TANKEN SOM RÄKNAS

– Du vet att jag tänker på dig, vännen. Och du vet att jag är dålig på att höra av mig. Det vet du väl ... Men jag tänker på dig, ska du veta. Och jag älskar dig.

– Ja, pappa, jag vet ...

– Nej, nu måste jag lägga på. Det är rikssamtal. Hej då, älskling. Hej då. Var rädd om dig. Och hälsa till mamma.

INGEN RÖK UTAN ELD

Ibland åkte vi hem till Gun och var där i några timmar, över dagen. Gun och hennes man kedjerökte hemma, hade arga röster och hårda nävar med vilka de titt som tätt slog i bordet där de satt och spelade kort. En flaska Explorer stod uppskruvad mitt på bordet på den flottiga vaxduken. Där stod också en konstant rykande askkopp.

För att klara av situationen och inte vara rädd, sa jag till Gun att hennes namn rimmade med guld, och jag frågade om jag fick kalla henne för det. Guld stannade upp, blev röd, gav mig en kram och sa tack med en röst jag knappt kände igen, en röst som var mycket mjukare än den jag tidigare hade hört. Guld tittade på mig med en blid blick, och de barska fårorna i hennes ansikte hade blivit lena och vänliga, nästintill vackra.

Jag var sex år och kunde läsa och skriva, hade lärt mig höger och vänster, och kunde skilja rätt från fel. Därför kände jag mig falsk när jag var tvungen att spela en annan, en modigare variant av mig själv, en lismande jävel, för att härda ut i deras kök, där cigarettröken låg tät som dimman i en hamn medan ett gäng matroser skrek och slogs på fyllan.

En liten text om stor längtan

I min farmors sovrum står en gungstol, bredvid den en byrå, och på byrån en grammofon. I gungstolen sitter jag och lyssnar på skivor; i gungstolen sitter jag och lyssnar på pappa. Han är ofta ute och spelar någonstans, men farmor har hans skivor. Jag stänger dörren för att inte störa när farfar sover middag, och på dörrens insida sitter en affisch med pappas band, och han är så vacker, säger farmor, och lång. Det ser jag också, och jag saknar honom, innerligt och starkt. Han bor i en kappsäck, säger farmor modstulet, för egentligen gillar hon inte att hennes son kuskar runt i en turnébuss utan att ha något riktigt hem. Jag tolkar det som att han bor i en kappsäck, en sån som Pippi Långstrump har, full med guldpengar.

Imorgon kommer han hit, med sitt band, för att spela i farmor och farfars stad. Då ses vi, han och jag; då får jag äntligen träffa min pappa. Och jag är eld och lågor, full av förväntan och trängtan, för jag längtar efter honom, jag vill träffa honom, jag vill krama om honom, hårt, och länge.

Men de är svåra att väcka, han och hans flickvän som sjunger i bandet; de har spelat till sent på kvällen, de har kommit hem till farmor och farfar sent på natten, och nu ligger de och sover fast solen har gått upp för länge sedan.

Jag går in till dem, jag pratar med dem, jag sjunger en sång, jag klättrar upp i deras säng och sätter mig på pappa och försöker med hjälp av mina knubbiga barnfingrar tvinga upp hans tunga ögonlock så att han ska se mig – men det går inte. Så jag går in i farmors sovrum och lyssnar på hans skiva, stänger dörren för att kunna se affischen där min far står längst till höger, längst och vackrast.

PROFESSORN

"Han är förläst. Han är en sån där lärd."

Jag tittade upp på min mamma, frågande.

"Han har läst för många böcker", förklarade hon vidare.

Var det därför vi inte hade så många böcker hemma? Var det därför vi hade prydnadssaker i bokhyllan istället, för att inte bli lika galna som han, för att inte bli lika tokiga som Professorn?

Han bodde nära oss. Samma busshållplats hade han, som vi. Och när vi en dag skulle kliva av bussen, mamma och jag, tog han tag om mammas liv och lyfte henne av bussen och ställde henne på trottoaren. Ingenting sa han, ingenting. Kvar stod vi, mamma och jag, förvånade över vad som precis hade hänt medan han gick vidare, sjungandes på någon okänd melodi, hem till sitt hus inte långt ifrån vår lägenhet.

De flesta var rädda för honom, för han betedde sig inte som vanligt folk, han betedde sig inte som andra. Och han hade för vana att skrämma folk på bussen.

"BU!" skrek han oförberett, gick fram och stampade överraskande och hårt i golvet framför sina medpassagerare. "BU!"

De hoppade till. De skrek.

Två äldre damer tillika gamla väninnor pratade glatt och uppsluppet på bussen, fnissade och skrattade, högt och ljudligt. Då gick han fram till dem och kacklade som en höna. Högt och ljudligt kacklade han, viftade med sina vingar och flaxade sedan hem, till sin arkitektritade villa.

En barnbiljett, tack

"En barnbiljett, tack."

"En barnbiljett? Men du måste väl vara äldre än tolv."

Busschauffören skrattar sarkastiskt, och den unga kvinnan som precis har bett om en barnbiljett ler tyst.

"Ja, det är klart att jag är. Jag menar till min dotter. En barnbiljett till min dotter, tack. Hon ska resa själv. Jag ska bara köpa en biljett till henne. Sen kliver jag av innan du kör, jag lovar. Hon kommer att bli mött av sin pappa."

Han tittar upp på den unga kvinnan som är vän på något vis, vän och oskuldsfull. Framför henne står hennes dotter. Vad kan hon vara? Sju? Åtta? Han skrockar något för sig själv som ingen annan hör, vinkar in den unga modern och hennes dotter och säger tyst så att inga andra ska höra:

"Gå in du, vännen. Det kostar inget idag."

Den unga modern ler försynt och lite skyggt, ger honom en blick som värmer honom resten av hans arbetspass. Och han hoppas för Guds skull att inga fler passagerare hörde honom släppa förbi henne, att han lät henne slippa betala, för det skulle bli ett jäkla liv om alla ville åka gratis nu helt plötsligt. Men henne kunde han bara inte låta betala. Hon kunde ha varit hans egen dotter, så ung som hon var, och hon i sin tur hade en dotter. Hur tidigt började de nu för tiden? Vart var världen på väg? Han tittar i backspegeln och ser den unga kvinnan gå mot bakdörrarna vilka han öppnar, hon vänder sig om och vinkar mot honom och går ut. Kvar sitter hennes jänta och ser vettskrämd ut, stackars unge.

JAG BLÄDDRAR I ETT FOTOALBUM

Jag bläddrar i ett gammalt album och ler när jag ser dessa bilder som är tagna i en tid som inte längre är. Det är tidigt sjuttiotal. Rester av sextiotalet syns tydligt. Jag är en produkt av denna tid, ett barn av sextioåtta vilket var ett år fullspäckat med revolter, kårhusockupationer och Sovjetunionens invasion av Prag. Under allt detta ståhej, föddes jag i en liten ort i mellersta Sverige där medvetenheten om världen utanför var tämligen skral.

På fotografierna syns jag med en pappa som egentligen inte var min egen. Tillsammans med honom och min mamma metar vi abborre, plockar vitsippor, klär julgranen, åker pulka och besöker Skansen. I hans knä sitter jag och tittar på barnprogrammen, han lär mig att cykla, vi firar mina födelsedagar, sitter på golvet i mitt rum och bygger med Lego, och pussar godnatt.

HUNDEN

— Jag vill ha en hund!

— Men du har ju redan en hund.

— Va? Har jag?

Flickan tittar sig omkring, svårt att tro på det hon precis fått höra.

— Ja, en fyllehund.

Den vuxne mannen flinar och vinglar till, tappar ölburken på golvet för att i nästa sekund falla handlöst ner i soffan.

NEJ DÅ, DET GÖR INTE ONT

Ett minne kommer till mig, ett minne från min barndom. Jag gick i trean eller fyra, ville smälta in och vara som alla andra, bli accepterad, bli godkänd. Jag tjatade till mig märkesjeans, något som var ett nytt begrepp i min unga värld i slutet av sjuttiotalet. Märkesjeans var det absolut coolaste man kunde ha, ansåg jag som hittills bara haft mammas hemsydda kläder på mig, som hon kreerat vid köksbordet, specialsydda åt mig. Men som den otacksamma unge jag var, ville jag inte längre sticka ut.

Det fanns många barn där vi bodde, och ett av dem hade en inte så fungerande familj. Det förstod jag inte då, inte fullständigt i alla fall. Men att det förekom en hel del alkohol och utåtagerande handlingar hemma hos dem, kunde jag ana. När vi var på gården tillsammans, endast han och jag – jag i mina nyinköpta märkesjeans – sa han att om han slog mig hårt med grenen han höll i sin hand, skulle det inte göra ont eftersom jag hade märkesjeans. Men inte ville jag att han skulle slå mig, för jag trodde inte riktigt att hans teori höll. Men jag stod kvar och ville inte visa att jag var rädd. Han närmade sig mig med trädgrenen, höjde den och tog sats med armen och slog mig, flera gånger, hårt och snabbt, och det smällde till, det nästan blixtrade till, och det gjorde ont, jätteont, och han konstaterade, "Inte gjorde det ont." Jag skakade på huvudet, försökte få fram ett leende, svalde och gjorde allt för att dölja min rädsla och ansträngde mig för att se morsk ut. Nej då, det gjorde inte ett dugg ont, försäkrade jag.

Jag ville gå därifrån, och när jag gjorde det följde han efter mig och fortsatte att slå; jag började springa, och han sprang efter och slog mig. Till slut var jag utanför min port, öppnade den och gick in, sprang uppför trapporna till min och mammas lägenhet och sa ingenting; jag sa ingenting till någon, för jag skämdes; jag skämdes för att jag hade blivit slagen, för att jag hade låtit mig bli slagen.

Numera äger jag inga märkesjeans.

BUSSRESAN

Längst fram sitter jag, livrädd hela resan; längst fram sitter jag för att inte må illa, för att inte kräkas, för att inte missa hållplatsen där pappa bor, busshållplatsen någonstans i skogen längs E4:an.

Om hösten och vintern är det extra svårt att lokalisera var bussen befinner sig längs den oändliga Europavägen. Allt ser likadant ut, tallarna ser likadana ut överallt, granarna likaså, och mörkret gör det svårare att se ut genom fönstret; det enda jag ser är reflektionen av mig själv, busschauffören och några passagerare.

Ibland somnar jag, och när jag plötsligt vaknar har jag ingen aning om var vi är. Och inte vågar jag fråga någon. Så jag sitter där, livrädd och vettskrämd, ensam och tyst, och funderar på hur det ska gå om bussen har passerat pappas hållplats. Jag är rädd att jag ska hamna flera mil bort, i en stad där jag inte känner någon, där jag vet att bussen har sin sluthållplats. Om jag hamnar där, i den främmande staden, och inte hittar en telefonkiosk för att ringa hem, kanske jag kan sova i busskuren under natten. Men om jag har tur så vänder bussen vid ändhållplatsen, och då behöver jag bara sitta kvar och åka tillbaka hela den långa vägen, och hoppas på att inte somna och missa hållplatsen igen.

Men jag har inte missat busshållplatsen. Utanför fönstret känner jag igen mig. Jag känner igen tallarna längs E4:an, och granarna, fastän snön tynger ner grenarna. Efter nästa krök ska jag plinga. Efter nästa krök är jag framme och kan andas ut. Och där står han, min pappa, långt bort i mörkret, men jag känner igen hans siluett trots det långa avståndet och bristen på ljus. Jag gör mig redo att kliva av långt innan mina medpassagerare kliver upp från sina säten. Jag står redo, håller hårt i ett räcke för att inte ramla; jag har klarat av ännu en resa ensam, en resa som jag gör inte bara för att träffa min pappa, utan för att mamma vill kunna träffa sina vänner.

På söndagen, när helgen är slut, ska jag åka tillbaka till mitt liv i stan, till mitt liv med mamma, efter att ha sovit två nätter hos min far i hans nybyggda villa. Där bor han med sin flickvän som är sångerska bandet, och hon har skämt bort mig med nybakat sirapsbröd som jag har fått smaka, varmt direkt från ugnen. Och jag har fått prova hennes vackra scenkläder i siden och sammet, med paljetter och insydda små speglar. Framför spegeln har jag stått och insupit glamouren hållandes en maracas i min hand och sjungit i den. Pappa har mest suttit i källaren, i sin studio, och skruvat och rattat vid det stora mixerbordet med hörlurar för öronen.

När vi står på vägrenen och väntar på bussen, pappa och jag, halar han upp sin plånbok. Då säger jag att jag kan betala resan. Jodå, jag har faktiskt lite pengar i min portmonnä, pengar som räcker till resan hem, pengar som egentligen är mammas, som jag fick tillbaka när jag köpte bussbiljetten till pappa i fredags. Han är musiker och jag vet att han inte tjänar så mycket pengar.

EN NORGE-HISTORIA

Jag sitter på golvet i en kolsvart klädkammare. Det är mitt i natten och i min hand håller jag en knäckemacka som jag har brett kaviar på. Det är gott. Det krasar mellan tänderna och smakar salt. Hjärtat slår fort och hårt i mitt bröst och jag är tio år.

Klädkammaren sitter ihop med mitt sovrum, och i vardagsrummet är mamma med sin nya pojkvän. Eller fästman, för de är förlovade nu, men han bor inte här. Han bor i Norge. Egentligen är han mammas kusin, om mormor och morfar hade varit mina riktiga morföräldrar. Men nu är de inte det och mamma kunde bli kär i sin släkting för att han helt enkelt inte är hennes släkting.

Vi var och hälsade på honom för ett tag sedan, mamma och jag. Det var spännande att åka till ett annat land även om jag inte tyckte om att åka buss hela den långa vägen eftersom jag lätt blir åksjuk. Men mamma sa att jag skulle sova, så jag gjorde det. I hennes knä låg jag med huvudet och sov största delen av resan.

Jag vet inte vad det är med sjömän, men detta är mammas andra. Den första sjömannen bodde hos oss när jag gick på dagis. Länge bodde han hos oss, i alla fall länge för mig, så pass länge att jag kallade honom för pappa. Åh, han var en underbar pappa, och han kunde busvissla från fönstret när det var dags att äta. Inga fingrar använde han, utan han bara formade läpparna och tungan på något magiskt sätt, och ut kom den gälla visslingen som i mina öron lät faderligt trygg och full med kärlek. Mamma var förlovad med honom, och tillsammans var vi en riktig familj, vi tre. Men han var inte alltid hemma. Han var trots allt sjöman, och i långa perioder var han ute på sjön.

Men från en dag till en annan, bodde han inte hos oss mer. Jag hade precis fyllt sju, skulle börja skolan till hösten, och han hade varit min pappa sedan jag var tre. Trots att han flyttade ifrån oss, försvann han inte helt eftersom han är bror, eller inte bror, utan hans mamma Gun, som nästan rimmar med Guld, är ihop med min mammas bästis Mauds killes pappa, varpå vi träffas ibland hemma hos Maud. Snabbt fick jag lära mig att inte längre kalla honom för pappa, utan fick istället lära om och uttala hans riktiga namn. Och tvärt fick jag lära mig att inte heller älska honom såsom jag tidigare hade gjort, när han var min far.

Sjömannen i Norge, som mamma är förlovad med nu, bor fortfarande hemma hos sin mamma fast han är vuxen och har polisonger. Han mötte oss vid busstationen när vi hade åkt den långa vägen, från Mellansverige till Nordnorge. De kramades länge och gav varandra en kyss på munnen, och sen körde han hem oss i sin bil. Mamma satt där fram, bredvid sin fästman, och höll sin hand på hans medan han körde. Jag satt där bak bredvid våra väskor, och när vi kommit fram blev vi välkomnade av hans mamma och hennes skällande hund.

Huset kändes mörkt. Kanske det var de mörkbruna heltäckningsmattorna som gjorde det så mörkt, de murrigt gröna medaljongtapeterna som prydde väggarna, eller den stora mahognybokhyllan som var fylld med porslinsfiguriner. Eller så berodde det på att vi befann oss så nära polcirkeln om vintern. För att lysa upp sitt liv och sitt hem, hade sjömannens mamma några veckor innan vi kommit dit, tagit med sin älskade vovve till fotografen. Det uppförstorade färgfotografiet – med henne sittande med djuret som hon avgudade i famnen – satt nu på väggen, bakom glas och förgylld ram, och lyste upp matrummets annars så mörka inredning.

Hon var väldigt stolt över sin lilla hund som hela tiden gläfste och skällde, men vad gjorde väl det när han var så söt, så söt med sin tofs mitt på huvudet med vackert knuten rosett runt. Själv hade jag svårt för att andas; mina luftrör hade börjat pipa så fort jag klivit innanför dörren eftersom jag är allergisk mot pälsdjur. Och när mamma och hennes nya kille hade gått iväg någonstans för att få vara ifred, satt den stolta matten bredvid mig med hunden i sitt knä, berättade om hur fantastisk han var, tror jag i alla fall, för jag förstod inte allt vad hon sa. Jag nickade och log och tog en karamell från skålen hon höll framför mig. Den var inte god. Den smakade sprit.

En dag tog den norska tanten med mig någonstans. Vi var ute med hennes skällande hund och gick till ett hus och plingade på. En pojke öppnade dörren. De pratade med varandra på norska, vi släpptes in, men efter ett par minuter gick hon och lämnade mig kvar. Pojken som hade öppnat, var elva år och släkt med henne. Han hade lov från skolan så tanten tyckte att det passade bra att jag var där och fick umgås med jämnåriga kamrater. Men jag kände inte honom. Förutom mig hade han sina killkompisar hemma hos sig medan hans föräldrar var på jobbet. De rökte, bjöd mig på cigaretter och hällde upp groggar till varandra. Men jag tackade nej. Jag tyckte att jag var för ung för att röka och dricka grogg. Jag tyckte även att han och hans kompisar var för unga för det. Men jag sa ingenting, för jag förstod ändå inte vad de sa, utan satt i köket och väntade på att bli hämtad av någon, för jag visste inte var jag var någonstans.

Nu är han hemma hos oss, den norska sjömannen. Smörgåsen är uppäten, och jag vet inte vad jag ska göra. Hjärtat slår fortfarande hårt i mitt bröst och jag sitter kvar en stund i mörkret, på golvet, i klädkammaren.

Från vardagsrummet hörs ljud, ljud som jag inte tycker om att höra. Jag öppnar dörren försiktigt och smyger ut genom mitt sovrum, ut i hallen som gränsar till vardagsrummet och ser sjömannen ta tag i min mamma för att sedan kasta henne genom draperiet så att det rasslar i flera minuter efteråt. Hon landar med en hård duns på parketten och ligger kvar medan han går omkring i bara kalsongerna och skriker och slår hennes nästintill nakna kropp. Jag smyger förbi draperiet och hämtar telefonen som står alldeles nära allt som händer. Den har en lång skarvsladd, och med lite skicklighet lyckas jag osedd plocka med mig telefonen genom den långa hallen, och skarvsladden räcker precis in i mitt skrymsle, i mitt skyddsrum som jag inte vågar tända, där jag precis har ätit min knäckemacka i mörkret. Varför jag har brett den och ätit upp den samtidigt som min mamma har blivit halvt ihjälslagen av en berusad norrman vet jag inte. Men nu har jag i alla fall lyckats samla kraft och slår numret hem till Maud, mammas partner in crime.

Det är mitt i natten, och jag vet att alla sover; jag vet att man inte ska ringa hem till människor mitt i natten. Men jag gör det ändå, för jag vet inte hur jag ska få stopp på den hårdhänta mannen i vår lägenhet, vars styrka gör min mamma blåslagen; vars hårdhänthet gör att min gråtande mamma försöker lugna honom genom att erbjuda honom sex, mitt på vardagsrumsgolvet när jag går förbi dem med telefonen.

Jag sitter i mörkret och väntar på att Maud ska komma. Hon lovade att hon skulle göra det. I vardagsrummet fortskrider våldsamma aktiviteter och jag vågar knappt andas; jag vågar inte göra något väsen av mig alls. Så jag sitter kvar, för jag törs inte göra någonting annat än att vänta på att Maud ska komma och rädda oss. Och det gör hon. Hon plingar på dörren och jag springer för att öppna. Sen går allt väldigt fort. Maud är tuff, har skinn på näsan och skyr varken konflikter eller hårdhänta män. Hennes kille, som nästan är bror till min förra sjömans-pappa, stjäl bilar och sitter i fängelse ibland. Det har också hänt att han har slagit Maud gul och blå, men Maud är väldigt duktig på att sminka över det och är alltid positiv och glad, har mamma förklarat för mig. Och nu är Maud här, och jag är säkert mest i vägen medan hon skäller på den vilda, överförfriskade sjöbusen och slänger ut honom i trappen fast han bara har kals-onger på sig. Sen kastar hon ut hans kläder och låser dörren så att han inte kan komma in och göra oss illa mer. Han plingar på. Han bankar på. Han skriker och gapar. Mitt i natten. Gran-narna hör allt tumult och undrar säkert vad som pågår, men ingen ger sig till känna.

När det har lugnat ner sig och sjömannen har försvunnit, klär vi snabbt på oss och går ut till Mauds bil som står slarvigt parkerad direkt utanför vår port. Hon skjutsar hem oss till sig, på andra sidan stan, och när vi kommer till hennes lägenhet ligger hennes familj och sover. Maud bäddar åt oss på två madrasser som hon har lagt på golvet i vardagsrummet, och när vi kommer in i det nedsläckta rummet för att lägga oss, får jag syn på sjöman nummer ett, han som en gång i tiden var min pappa, han som brukade hämta mig på dagis och lärde mig att cykla; han som jag en gång i tiden älskade. Men nu får jag inte längre älska honom, men jag gör det i alla fall, men säger inget till någon. Jag kikar på honom där han sover i soffan, tycker att han är vacker, och strax sover även jag.

Den gamla goda tiden

Förr var allt så enkelt, som till exempel när jag växte upp. Skolmaten var densamma för alla skolbarn, då det på sjuttiotalet inte fanns celiaki, laktosintolerans eller äggallergi. Och alla var kristna och kunde äta fläsk, och ingen höll på och krånglade och var vegetarianer eller krävde vegankost. Självklart stämmer inte detta, för visst var vi lika fast olika, då som nu, men som jag minns det drack alla mjölk till maten och åt knäckebröd till lapskojsen och pölsan, fläskpannkakan och blodpuddingen, utan att ifrågasätta. Kanske vi fortfarande hade minnen från fattig-Sverige, från matransonering och missväxtår, och vågade därmed inte vara otacksamma, utan åt det vi blev bjudna på.

Och ingen vågade vara homosexuell, för då var man sjuk, och är man sjuk måste man gå till doktorn och bli botad. Den heteronormativa folkhemssjälen kände inte till ord som transsexuell och ickebinär. Däremot skvallrades det flitigt om farliga blottare, fula gubbar och nervkittlande transvestiter. Jag minns en av dem, en anomali i vårt annars så strömlinjeformade samhälle. Det måste ha hunnit bli 1980, för jag minns hans axelvaddar. Hans läppar var rödmålade, hans klänning tajt, och de stilettklackade pumpsen hade förmodligen krävt övning hemma på korkmattan i hallen först. Längs gågatan gick han, som på en catwalk, likt en mannekäng, både i sättet att gå och bära upp kläderna. Det fanns ingen i stan som var så kvinnlig som han, och trots allt spott och spe han fick utstå, gav han aldrig upp. Så längs gågatan gick han, fram och tillbaka, fram och tillbaka, medan hans skäggstubb växte sig mörk.

På den tiden, som var den gamla goda, satt locken hårt åtskruvade sedan länge, och hemligheterna var avgrundsdjupa och många. Allt som inte ansågs vara normalt, gömdes och glömdes bort till fullo. Klarade man inte av att sitta stilla bakom sin skolbänk, sattes man i obs-klassen på behörigt avstånd från de andra eleverna. Och så var det nog med det mesta som avvek och störde ordningen. Passade man inte in, sopades man under mattan eller stoppades in någon annanstans för att inte utsätta andra för onödigt lidande. Så hade man gjort länge, alltsedan myndigheterna uppmanat till tvångssterilisering och kastrering bland dem som inte ansågs vara tillräckligt starka och stabila.

Ja, det var en annan tid jag växte upp i, och då tyckte vi att den var modern och upplyst med V-jeans och T-shirts, ABBA och Björn Borg. Och den statliga televisionen formade oss med sina två kanaler, för alla såg *Hylands hörna*, och lite längre fram kom Sue Ellen och tog oss med storm. Vi som växte upp på sjuttiotalet åt godis på lördagarna, såg amerikansk tecknad film endast på julaftonen och drömde om att få en locktång i födelsedagspresent. Men om det var bättre förr, vet jag inte. Det var bara annorlunda. Och väldigt länge sedan.

God jul allesammans!

Vi har ätit av den goda och traditionsenliga julmaten, och julklapparna ligger under granen och väntar. I en av dem tror jag att det finns en klockradio som mamma vet att jag önskar mig, en sån med digitala siffror som lyser i mörkret. Just en sån vill jag ha.

Ute har det börjat skymma, och det är dags för mig att ringa hem till mamma och önska henne god jul. Men hon svarar inte. Jag ringer igen, men det är ingen där. Jag blir orolig och ringer till Maud och frågar om hon vet var mamma är, men hon har ingen aning.

Jag sätter mig och tittar på Kalle Anka med pappa och hans fru och säger ingenting. Jag skrattar när det är dags för Piff och Puff, fast jag skrattar inte på riktigt. När Kalle Anka är slut, smiter jag åter in i rummet där telefonen står, stänger varsamt dörren om mig, och ringer tillbaka till Maud. Då berättar hon att mamma har tagit en överdos, men att ambulansen inte kommit in i lägenheten. Vicevärden tillkallades och öppnade ytterdörren; polisen tillkallades och bröt upp innerdörren som mamma hade låst från insidan med nyckeln i, och till slut kunde ambulanspersonalen hjälpa mamma. Nu ligger hon på sjukhus, igen, magsköljd och omtöcknad. Och ensam.

Jag går tillbaka till pappa och hans fru, ler mot dem och tar en chokladbit ur Aladdin-asken medan vi tittar på Karl-Bertil Jonsson. När vi har tittat klart på teve ska vi ha julklapps-utdelning.

"JAG ÄR TATTARE!"

Jag sitter i min farmors gungstol, stolt över min mammas släkt som vi dessvärre inte känner. Men att vi är tattare vet jag, för det berättade min mamma för mig när jag var liten.

Men så fort ordet "tattare" kommit ut i rummet, är det som om jag har svurit i kyrkan eller gått med i ett kriminellt gäng.

Hon ser bekymrad ut, min älskade farmor, och vet inte riktigt hur hon ska bemöta sitt upproriska barnbarn som bara vill lyssna på Nina Hagen.

"Nä, du och din mamma är valloner. Ni har vallonblod i ådrorna. Det är därför ni har så mörkt hår."

Vårt mörka hår, ja ... Med jämna mellanrum jämför vi vårt hår, mamma och jag, när vi passerar hallspegeln samtidigt. Mammas är alltid mörkare, nästintill svart, tjockt och starkt. Men för varje år blir mitt mörkare, mörkare än hennes men inte lika tjockt. Vårt mörka hår är vår enda koppling till mammas förflutna; vårt mörka hår kunde det svenska folkhemmet inte ta ifrån oss.

HON ÄR MIN MAMMA, MEN ÄNDÅ INTE

Hon känns inte som min mamma, fast hon är min mamma. Jag hälsar på henne när hon ligger på sjukhuset, fast egentligen ligger hon inte. Hon går och står på en låst avdelning, och vi är tvungna att ringa på en klocka för att bli insläppta.

Hon blev inlagd igår kväll. Hon var ledsen och full och ringde till min bästa kompis föräldrar och sluddrade, men till slut la hon på, och tur var väl det, för jag skämdes så att jag höll på att dö. Istället ringde hon till Maud som genast kom hem till oss och hjälpte mamma upp, och hjälpte mamma ut, för mamma hade svårt för att stå, hon hade svårt för att gå.

På vägen nerför trappen hörde jag Maud säga, "Jävla fyllkaja", något som gjorde ont i mig. Men det gjorde säkert ont i Maud också som inte alltid kan komma till undsättning varje gång mamma behöver hjälp. För mamma behöver hjälp ibland, och då är det till Maud hon ringer. De står varandra nära alltsedan de var fosterbarn i samma fosterhem; de är som lång och lerhalm, som yin och yang, de är som systrar; de kallas för syster Yster och syster Dyster.

När vi äntligen kommit ut genom porten var vi tvungna att leda min onyktra mamma hela vägen till bilen som stod parkerad en bit bort. Jag var orolig för att grannarna skulle se oss, jag var rädd att vår hemlighet hade blivit röjd.

Väl framme på psykakuten, satte vi oss och väntade i väntrummet. Mitt i natten var det, och trött var jag. Mamma var ännu tröttare, hade svårt för att sitta utan att trilla av stolen. Till slut kom en läkare som försökte få kontakt med mamma, och så lämnade vi henne där – gråtande och ledsen – och jag fick sova hemma hos Maud som bor på andra sidan stan.

Jag vågade inte be om busspengar när jag skulle till skolan i morse, utan fick låna en alldeles för stor cykel, cyklade fel flera gånger, men hittade till slut vägen till min del av stan. Jag kom för sent till skolan för första gången någonsin, men ingen sa något.

Hon har sina vanliga kläder på sig, sina jeans och sin stora, hemstickade tröja, och ingen i personalen är klädd i vit rock, för det här är inget vanligt sjukhus. Hon är vacker, som vanligt; hon är hon, men ändå inte. Jag vet att hon egentligen inte vill leva, så jag vet inte riktigt hur jag ska prata med henne, men jag gör det ändå.

För några veckor sedan var mamma och jag på kvartssamtal med min fröken. Mamma hade sin stora, stickade tröja på sig och jag skämdes, för alla kunde väl se att den aldrig hade blivit tvättad; alla förstod väl att hon brukade ha den på sig när hon var hemma från jobbet, när hon sov i soffan om dagarna och inte gick att väcka. Vi promenerade till skolan, min hand i hennes, och jag såg på hennes ögon att hon hade druckit; jag förstod av hennes rörelser att hon inte var nykter. Hon ansträngde sig för att jag inte skulle märka; hon försökte gå vanligt, prata vanligt och trodde att det inte syntes, men jag hade märkt det för länge sen och försökte lista ut på vilket sätt jag kunde dölja det för min fröken. Men hon sa ingenting, min fröken, varken då eller senare. Ingen sa något.

* * *

På den låsta avdelningen hasar en äldre man omkring i sina tofflor och låtsasdricker kaffe ur en tändsticksask. Han skrockar för sig själv, kallar mig för Marianne, men för övrigt är det omöjligt att höra vad han säger. Mamma presenterar mig för sin kontaktperson, en mentalskötare som ser ut att vara kär i henne. Hon visar mig sitt rum där hon sover, och där står en säng, ett nattduksbord, en stol och ett handfat utan spegel. De får inte ha speglar här på sjukhuset, säger hon, för man kan skada sig på dem. Vad bra, tänker jag, för jag har sett mamma skära sig; jag har kommit hem från skolan och sett hennes blodiga handleder. Min kudde, som jag har sytt i slöjden, är numera full med blod. Den låg i hennes knä när hon satt i hallen och skar sig med ett rakblad. Den kudden tänker jag nog slänga, för blodet går inte att tvätta bort, och varje gång vi har någon på besök känner jag mig nödd att bortförklara fläcken, fastän ingen kanske har sett den, fastän ingen har frågat; jag säger att mamma har spillt kaffe på kudden, men jag orkar inte längre ljuga, jag orkar inte längre hitta på.

Jag har köpt ett nagellack till mamma. Lila. För hon tycker om lila. Hon tar emot sin present och vi säger inte så mycket till varandra. Snart ska vi gå för besökstiden är slut. Vi lämnar mamma där, på den låsta avdelningen, och jag vet inte när hon kommer hem. Men innan vi skiljs åt, kramas vi länge och hon gråter och säger att hon aldrig mer ska dricka, aldrig mer; hon säger att allt ska bli bra, att allt ska bli som vanligt igen, och jag vill tro henne. Jag vill tro på henne för att hon är min enda familj, jag vill alltid tro på henne för att jag älskar henne över allt annat, samtidigt som jag inte vet vad jag ska tro och hoppas på medan en molande känsla av förtvivlan sprider sig i min elvaåriga kropp.

LUKTEN AV SOMMAR

Imorse gick jag ut samtidigt som solen gick upp. Jag gick där och strosade för mig själv, andades och njöt av sommarmorgonens något kyliga luft och fick skorna nästintill genomblöta av den tjocka daggen som täckte gräsmattan som jag gick över. Jag njöt av nyvakna syrénbuskar vars blommor doftade över hela stan; jag mös av tystnaden och ljudet av tidig morgon, när endast fåglarna hördes och en och annan bil brummade på avstånd.

Alla dessa intryck som drabbade mig imorse, fick mig att minnas min barndoms somrar som jag tillbringade med mina farföräldrar femtio mil bort, på en ö full av sommarstugor, höga tallar och tyska turister. Mamma stannade hemma. Hon var tvungen att jobba och var glad att jag slapp gå på dagis i värmen, och senare att jag slapp drälla omkring i stan utan tillsyn. Hela tiden fick jag höra hur bra jag hade det som fick vara med farmor och farfar i deras sommarstuga med havet inpå knuten. Och visst var det underbart. Jag förstod det. Men när jag sedan fick se bilder som mamma klistrade in i albumet, bilder som föreställde hennes semester, blev jag avundsjuk på andra barn som hade fått vara med henne på campingplatsen där de vuxna drack grogg i förtältet.

NÄR VI HANDLADE PÅ LOPPIS. I SMYG.

Jag minns våra cyklar. De var begagnade och mammas och mina enda statusprylar. Min första cykel målade hon grön med vita stänkskärmar. Den andra målade hon lila medan hennes blev svart. Min lila flickcykel var inte alls tidsenlig. Inga växlar. Och ramen var rundad nertill som på en gammal damcykel från förr. Jag skämdes. Dessutom var sadeln brun, gjord av läder, och mitt unga jag förstod inte att uppskatta denna vackra cykel, varpå jag en natt – det hade åtminstone blivit mörkt ute – tog med mig en modig kusin, den bruna lädersadeln och en skiftnyckel, och letade reda på en cykel som stod obevakad i ett cykelställ, en cykel med vit sadel, en vanlig sadel, en sån som alla andra hade, en sadel gjord av plast. Vem det var som morgonen därpå låste upp sin cykel och såg att den hade en annan sadel, en sadel gjord av läder, vet jag inte.

Sen kom åttiotalet, ett årtionde lite utöver det vanliga. Och eftersom jag var för ung 1977, tog jag igen det ett par-tre år senare. Punken var för mig kreativitet och självständighet. Att handla på loppis, eller second hand som det så fint hette då, lockade mig, och till Stockholm åkte vi med tåg för att gå på Gamla Brogatan och köpa gamla herrkavajer och undertröjor. Jag minns mitt första köp, en mockajacka, som för mig betydde fuck off, I'm a punk rocker! Jag gick i sexan, var tolv år och rädd för att inte passa in. Samtidigt kände jag att jag inte passade in, för jag ville inte spela basket på tisdagskvällarna, och jag vägrade dansa tryckare till The Bee Gees falsettsång. Helst av allt lyssnade jag på The Sex Pistols i mitt flickrum och ritade anarki-A:n på mina kläder. Och på en musiklektion i sexan gjorde jag en redovisning om Ebba Gröns "Häng Gud" vars text hade gjort starkt intryck på mig. Att vår musiklärare var kantor i Svenska kyrkan förstod jag långt senare.

Trots min hängivelse för allt vad punken stod för, lät och såg ut, sa jag till mina klasskompisar att jag hade ärvt min begagnade mockajacka av en släkting. Det kändes mer legitimt på något vis, mer rent, mindre smutsigt. Och en gång, när mamma och jag hade besök av en äldre dam, sa damen uppskattande till mig, att min jacka var rejäl och bra, för den gick ner över stjärten, vilket inte riktigt var det jag ville höra.

Att det ska vara så svårt att åka tåg

Med ett styng i hjärtat, på väg mot busshållplatsen, vänder jag
mig om för att vinka till min älskade farmor som står på bal-
kongen och vinkar tillbaka. Hon och farfar har blivit gamla så
fort, i synnerhet farfar som är några år äldre än farmor och
dessutom blivit dement. Det är därför det gör ont varje gång vi
skiljs åt, för vem vet, om detta är sista gången jag hälsar på hos
dem. Jag tittar upp mot henne, och hon tittar på mig, och jag
blir varm i hela kroppen och känner mig tacksam över att ha en
sådan fantastisk farmor. Ju närmre busshållplatsen jag kommer,
desto mindre blir hon där hon står på balkongen. Till slut skyms
hon helt av ett grannhus och jag ser bussen komma.

På tågstationen plockar jag fram min tågbiljett för att se
vilken vagn jag ska sitta i. Biljetten har jag visserligen plockat
upp flera gånger under bussresan till stationen, för att se att
datumet är korrekt och att slutdestinationen stämmer, orolig
att hamna på fel tåg, rädd att hamna i fel vagn. Så egentligen
vet jag redan vilken vagn jag ska spana efter när tåget rullar in

på stationen, men jag måste ändå titta en extra gång, för säkerhets skull.

Det visar sig när jag har kommit ombord, att jag har fått sittplats i en kupé. Till en början blir jag glad, för det är mysigt att sitta i en liten kupé, i lugn och ro, avsides och ifred, utan en massa människor som springer fram och tillbaka i gången, till och från toaletten, till och från restaurangvagnen.

Farmor och jag har åkt tåg många gånger tillsammans i egen kupé, suttit för oss själva och pratat om när hon var liten och åkte tåg som drogs av ånglok vars rök gjorde henne illamående så att hon måste kräkas.

Dörren till min kupé är stängd, och innanför sitter en vuxen man. Han är kanske i trettio-fyrtio-årsåldern, och han läser en tidning och reagerar knappt alls när jag kommer in. Han är min enda medpassagerare i detta lilla krypin som luktar instängt. Jag låter dörren stå öppen, tittar på min platsbiljett och konstaterar att jag fått platsen mittemot den främmande mannen.

Efter en stund plockar jag upp min matsäck på det enda lilla bord som finns i kupén. Farmor har brett några smörgåsar till mig och lagt smörpapper emellan. Hon har också kokat ett par ägg till mig, samt blandat äppeljuice som hon hällt i en tom sirapsflaska. Landskapet utanför fönstret far förbi medan jag avnjuter min färdkost, tåget stannar och släpper på nya passagerare, men ingen har fått plats i min kupé.

Äggen är uppätna, smörgåsarna likaså, och juicen är slut. Jag packar ner min tomma flaska i ryggsäcken och ställer mitt bagage bredvid mig på sätet där ingen sitter. Mannen mitt emot mig, min enda medresenär i denna avlägsna lilla vrå någonstans på det långa tåget, fortsätter att läsa sin tidning. Men så smyger en obehaglig känsla över mig när jag förstår att han inte bara läser sin tidning; i skydd av sin uppställda kvällstidning, onanerar han, tittar på mig i smyg, och fortsätter att onanera.

Jag, som går i högstadiet – som nyss var ett barn – har fått min sittplats här och ingen annanstans. Jag är laglydig och följer regler, så därför vågar jag inte lämna kupén för att sätta mig på en plats som inte är min. Istället tar jag fram min freestyle, sätter i kassetten med Kate Bushs *The Kick Inside* som jag har spelat in hemma hos pappa som har skivan. Och ur ryggsäcken plockar jag också upp Emily Brontës *Svindlande höjder*. Hårt håller jag i boken likt en ogenomtränglig sköld som håller alla onanerande män på behörigt avstånd, och jag avviker inte med blicken från Brontës text en enda gång under resan. Musiken strömmar in i mina öron och gör mig lugn, och jag ser till att dörren till kupén fortsatt står öppen så att mitt skrik hörs om jag måste ropa på hjälp.

ATT LEVA I SMYG

Precis som mammas släkt, som togs ifrån henne när hon var fem, levde vi i smyg. Precis som de hade levt under radarn under århundraden för att inte bli deporterade från Sverige, satta i finkan eller tvångssteriliserade, levde vi i skymundan för att inte väcka uppmärksamhet, för att få leva i fred. Så min mamma sa till mig:

"Öppna inte om det ringer på dörren när du är ensam hemma."

Än idag infinner sig en olustkänsla när det plötsligt knackar på. Ska jag öppna? Ska jag försiktigt kika bakom gardinen för att se om det är någon jag faktiskt känner? Men tänk om de ser mig? Ska jag kanske gömma mig istället, stänga av musiken, och låtsas att jag inte är hemma? Förresten, vem kommer nu, så här dags? Men oftast hinner jag inte ens fram till fönstret, eftersom jag blir paralyserad av knackningen, hör min mammas uppmaning om att inte öppna dörren, och när jag äntligen står bakom gardinen för att glutta bakom den, har den som knackat försvunnit för länge sen.

Min mamma såg också till att vi hade hemligt telefon-nummer. Detta var på den tiden när folk stod med i telefon-katalogen, en stor, tjock bok med bibeltunna sidor som alla hushåll fick hemskickad en gång per år. Men vi fanns inte med i den eftersom hon betalade femtio kronor per år för att slippa. Vi var helt osynliga, såg till att inte märkas, smög i trappen, gjorde inget väsen av oss alls, precis som våra släktingar hade gjort före oss.

GODA VÄNNERS GODA RÅD NÄR MAN ÄR UNG

"Usch, jag mår så dåligt. Jag vet inte vad jag ska ta mig till. Den starka ångesten ... Livet ..."

"Äsch, det går över, gumman, så fort du träffar någon."

"Vadå 'träffar någon'?"

"Ja, en kille så klart. Då blir allt bra. Tro mig. Då kommer du att må bättre, bara du träffar någon."

"Men jag träffar ju aldrig nån. Och det kan väl inte hänga på nån stackars kille, mitt tillstånd alltså, min ångest, mina demoner."

"Du får inte vara så desperat! Då träffar du ingen. Nä, du måste vara lite cool, för rätt vad det är träffar du nån. Jag lovar. Du kanske skulle gå en kurs, en målerikurs? För på puben träffar man ingen. Inget stadigvarande i alla fall. Men om det är sex du vill ha ..."

"Men det var inte jag som tog upp det här, med att träffa någon. Jag vill inte ha sex med en främling. Jag säger bara att jag mår dåligt. Förresten, glöm allt jag har sagt. Jag mår bra nu. Du kan anmäla dig till en kurs. Eller gå ut och hänga i en bar och bli uppraggad. Jag är inte desperat. Jag stannar helst hemma."

LITE LIVSERFARENHET GÖR DIG KLOKARE

Bilen var liten och baksätet trångt, och för att komma in var man tvungen att gå igenom framdörrarna eftersom det inte fanns några bakdörrar. När vi väl satt på plats, sköljde en osäker känsla över hela mig. Hur hade jag hamnat här? Min mamma brukade alltid säga, att jag inte skulle prata med främmande män och absolut inte kliva in i någon främlings bil. Här satt jag nu – inklämd i ett trångt baksäte i en bil som kördes av främmande män – och det fanns inte en chans för mig och min reskamrat att komma ut. Nu hade jag bara förtröstan att luta mig mot; nu hade jag bara mig själv att skylla om något oförutsett skulle hända. Männen, som satt i framsätet och körde oss till en destination jag nu hade börjat betvivla, tände varsin cigarett medan hög musik spelades i kassettbandspelaren, hög och italiensk. Jag ska minnas det här ögonblicket, tänkte jag för mig själv. Jag ska komma ihåg hur det känns att befinna mig i en bil i Italien, med främmande män som kör den, med tjock cigarettrök som svider i ögonen och sticker i halsen ackompanjerad av italienska smörsångare som sjunger om *amore*.

Vi kom fram. Inget farligt hände. Inte ens en krock. De vänliga herrarna, som inte hade haft någon dold agenda, klev ur bilen och fällde fram framsätena så att vi kunde kliva ur. De till och med bar våra ryggsäckar ända fram till porten där det lilla pensionatet låg. Sedan klev de åter in i den lilla bilen och försvann.

Det var ett vanligt hyreshus. Vi gick uppför trapporna, och väl framme på rätt våningsplan stod en gammal kvinna och höll i dörrhandtaget till sin öppna dörr, som för att hålla balansen. Hon såg ut som en sydeuropeisk gammal gumma om jag får generalisera bilden lite. Blommig klänning som inte var ny, ett förkläde på det och håret uppsatt i en knut i nacken. Rynkig var hon, säkert över åttio, och ett varmt leende som gjorde att vi kände oss välkomna. Hon visade oss in i lägenheten där hon och hennes man bodde. Längst in fanns två rum och ett badrum. Det var pensionatet. Det ena rummet var uthyrt till ett tyskt par, men de syntes inte till. Vi blev hänvisade till det andra rummet, det som vi skulle sova i, vilket var ganska stort. Det hade två fönster som vette mot den lilla staden, och lite längre bort kunde man skymta Medelhavet. Det var högt i tak med vackra stuckaturer, fiskbensparkett på golvet, och på väggen hängde Jesus på ett kors över de två sängarna som skiljdes åt av ett nattduksbord med virkad spetsduk. Så skönt att ha en säng, en riktig säng med ett riktigt täcke. Vi la oss i sängarna, sträckte ut våra sargade kroppar som hade burit på de tunga ryggsäckarna, och slumrade till en liten stund. Jag vaknade av att någon stod bredvid mig. Det var mannen i huset, den lilla gummans make. Jag satte mig upp med ett ryck när jag förstod att jag hade somnat och att vi inte var ensamma. Han ville ha våra pass, som säkerhet. Likt militärer som ställer sig i givakt, letade vi genast upp våra pass vilka vi förvarade på säkert ställe i vår packning. Han tog emot dem, bläddrade i dem för att se vad vi hette.

"Teresa", läste han i mitt pass. "Teresa."

Den äldre mannen framför mig, som hade uttalat mitt namn och höll hårt i våra pass, kunde prata tyska och berättade för oss att han hade bott i Tyskland som ung. Han hade arbetat där i långa perioder för att försörja familjen hemma i Italien, och medan han var där – i Tyskland – och jobbade, lärde han känna en kvinna vid namn Teresa, en kvinna som haft som yrke att behaga män. Och hon hade behagat honom. Han tittade på mig och stod nu så nära att jag fann det obehagligt.

"Teresa, den lilla horan i Tyskland, var mycket vacker, precis som du, Teresa. Och hon hade kurvor, precis som du, Teresa."

Hans händer följde formen av mina bröst, och hade jag inte hållit andan, om jag inte stått helt stilla, hade han nuddat mig. Om det här var det enda stället vi kunde bo på, fick vi finna oss i det. Han var trots allt gammal, även om han var reslig och inte särskilt krum, och han bodde där med sin fru vägg i vägg med vårt rum, så jag var övertygad om att inget otäckt skulle hända även om jag fruktade det värsta. Men jag övertalade mig själv om att han säkert gled in i ett gammalt minne, ett minne som påminde honom om hans glansdagar, om hans vitalitet och säkerhet, om hans virilitet och sexualitet. Det sista störde mig för jag ville inte väcka hans sexualitet på något sätt, inte påminna honom om en stackars kvinna som för länge sedan hade varit tvungen att prostituera sig för att få mat på bordet. Undrar vad som hände henne sedan? Undrar vad hon gjorde nu? Såg hon ut som hans fru, som en liten rynkig gumma med sjalett på huvudet? Log hon skyggt i mjugg för att inte avslöja sin tandstatus? Och hade hon en receptsamling med anor från förr för att föra den kvinnliga traditionen vidare?

Vi gick ut, min reskamrat och jag. Våra tunga ryggsäckar fick stanna kvar på pensionatet, och med nytvättat hår som torkade i den varma solen, kände jag mig lätt i sinnet trots anspelningar på sensuella kvinnor med samma namn som jag. Till och med mina inte helt rena kläder med skrynkliga veck från att ha legat i väskan i en dryg månad, kändes nästintill fräscha efter att jag äntligen hade fått duscha. Jag hade inte duschat sen jag duschade på huvudbangården i Köpenhamn. Men nu var det gjort, och innan jag hade klätt av mig helt, innan jag hade klivit in i duschen, hade jag kontrollerat att dörren var låst och att inga borrade hål fanns i badrumsväggarna.

SÅDAN MOR, SÅDAN DOTTER

På stappliga ben sitter jag på en pub med en vän, fastän jag egentligen borde ha stannat hemma. Det gör fortfarande ont i min hals av slangen som med våld fördes ner i mitt svalg för att magskölja mig efter alla tabletter jag desperat skyfflat i mig eftersom jag inte visste vart jag skulle ta vägen med min starka ångest som aldrig ville ge med sig. Med tabletterna i magen, blev jag rädd och ringde till sjukhuset, för tänk om överdosen inte tog kål på mig. Tänk om jag vaknade upp efteråt och inte fungerade som vanligt; tänk om min hjärna skulle bli förstörd; tänk om jag skulle bli en grönsak.

Sjuksköterskan som jag pratade med i telefon skickade efter en taxi till min adress, och efter en stund låg jag i ett rum nerbrottad av fyra vitklädda människor som försökte stävja den bångstyriga självmordskandidaten vars rädsla för slangen som kördes ner i svalget var så pass stor att panik uppstod. En av dem tryckte ner mina ben, en pressade ner mina armar, en höll fast mitt huvud i ett stadigt grepp så att en fjärde person skulle kunna stoppa ner den långa slangen. Fyra gånger lyckades de få ner slangen i mitt svalg, fyra gånger lyckades jag slita upp den igen, med en sådan kraft att alla fyra sjukhusanställda föll till föga för att till slut söva mig helt.

När jag vaknade befann jag mig på en låst avdelning; jag var min mors dotter trots allt, och hon var den enda jag ringde till från mynttelefonen som fanns på avdelningen. Sen fick jag prata med en psykolog som jag inte alls hade någon lust att prata med. Och nu är jag utskriven, ute i det fria, med lite läppstift på läpparna och eyeliner över ögonlocket i ett försök att se normal ut.

II

Lite sorg har väl ingen dött av

Jag satt i en taxi på väg mot flygplatsen. Det var kväll, ganska sent om jag minns rätt, och endast en biljettlucka var öppen. Allt annat var stängt; hela flygplatsen var ödsligt tom. Jag gick till den öppna biljettluckan och köpte en enkel resa till Arlanda. Hela reskassan rykte i ett enda andetag, femtusen kostade biljetten denna sommardag i början av 1990-talet, men det fick det vara värt om min mammas liv stod på spel. Jag letade reda på en bänk att sova dåligt på tills mitt morgonplan tog mig därifrån.

Väl ombord på planet försökte jag läsa Charlotte Brontës berättelse, skriven nästan hundrafemtio år tidigare, för att fokusera på något annat än det som ockuperade mina tankar. Det var lättare sagt än gjort, men det gjorde ingenting. Jag hade läst den här boken förut och sett flera filmatiseringar baserade på den. Jag visste att allt skulle bli bra till slut. Jag visste att Jane Eyre, vars barndom var hård och kylig, skulle klara sig trots sin ensamhet och hopplösa situation, och det ingav hopp. Att läsa om föräldralösa barn, om ensamhet i kall och fuktig miljö där kärlek och värme inte rymdes, var något som jag kunde relatera till. Inte för att jag på något vis själv haft det så, men min mamma var föräldralös, min mamma hade överlevt sin barndom likt Jane Eyre trots brist på kärlek och tillhörighet, trots saknaden efter sina biologiska föräldrar. Dock hade min mamma aldrig frotterat med överklassen, men precis som Jane Eyre visste hon sin plats, att hon var en liten grå mus, utan bakgrund, utan något skydd eller någon betydelse.

Visst hade mamma gjort många tappra försök att hitta lyckan, finna tryggheten. Den ena mannen efter den andra hade kommit in i vårt liv, stannat en stund för att sedan försvinna raskare än raskt för att aldrig mer komma tillbaka. Hennes nuvarande man, vilken var den tredje i ordningen som jag kallade för pappa, var till en början en riktig Mr Rochester. Lång och elegant med trenchcoat och ansad mustasch, hade han klivit in i vår hyres-lägenhet för att stanna. Alltid välklädd, bärandes en attachéväska, och sist men inte minst hade han en utbildning, en fil kand. i juridik. Sådant var ovanligt i våra kretsar, och jag gladde mig så när han svepte in i mitt och mammas liv med ett språk som imponerade på mig – jag var fjorton år och törstade efter kunskap och bildning. Utöver hans intellektuella tankebanor, belevenhet och allmänbildning, var han politiskt aktiv, långt åt vänster, och läste böcker. Och tillsammans lyssnade vi på Ella Fitzgerald och Satchmo, tittade på europeiska filmer som gick härligt långsamt – *Cykeltjuven*, *Offret* och *Amarcord* – och pratade om framtiden. Det var en underbar tid, och eftersom de hade träffats när hon låg inlagd på mentalsjukhuset där han var hennes kontaktperson, där han jobbade som mentalskötare, var jag helt säker på att mamma skulle må bra resten av livet och aldrig mer dricka Vermouth.

Ganska snart visade det sig att min nya pappa också gillade alkohol, och tillsammans med mamma drack han på kvällarna men skötte sitt jobb om dagarna. Utifrån sett var vi lyckliga familjen, med mycket humor och skratt, och han var alltid på språng, skötte tvättstugan samtidigt som han sprang iväg till affären för att handla mat. Han lagade maten också, och skämde bort mig och mamma. Men till maten drack de vin, och med ens förvandlades de till mina fulla föräldrar.

Hur mådde hon nu, min mamma? Låg hon medvetslös med slangar som försåg henne med liv, eller hade hon vaknat och fått åka hem? Jag var hennes luttrade dotter, ömsom arg, ömsom förtvivlad, som egentligen inte ville avbryta min interrailresa som jag sparat till och sett fram emot så länge. Men de hade sagt i telefon att hon gjort ett självmordsförsök – ännu ett – så här satt jag nu ofrivilligt på flyget på väg hem och visste inte riktigt hur jag skulle känna.

Väl framme i den svenska luften som kändes oerhört ren jämfört med den i Aten, färdades jag på Arlanda-bussen hem. Jag ringde inte och bad om skjuts. Jag klarade mig själv, jag hittade hem. Och ju närmre mammas hem jag kom, desto mörkare blev det. Jag visste inte på vilket sätt, men det blev mörkare, som om molnen blev tätare och gråare, som om skymningen föll fortare än vanligt. Och när jag stod utanför hennes dörr, anade jag att det inte stod rätt till. Mitt finger tryckte svagt på dörrklockan, och inifrån lägenheten hördes långsamma fotsteg närma sig, och dörren öppnades av hennes man. Han var grå, som molnen på himlen, han var mörk som skymningen utanför.

”Hon är död va?” var det första jag sa. ”Hon är död va?”

Han nickade sparsamt.

Fastän jag hade varit beredd så länge, var jag inte beredd. Hur man ska reagera när man får ett dödsbesked, när man precis har fått reda på att ens mamma har tagit sitt liv, visste jag inte. Det enda jag kunde göra var att falla ihop på hallgolvet, så som de gör på film. Likt en skådespelerska låg jag där en stund tills jag kände mig obekväm och lite generad, reste mig upp, och sedan la vi oss i mammas säng och grät tillsammans.

Jag hade hunnit bli tjugotre, och mammas alla självmordsförsök, alla dessa rop på hjälp, hade tryckt ner mina axlar sedan jag gick i mellanstadiet; de hade oroat mig och gnagt i mig i åratal, men trots det gjorde det ont när hon till slut lyckades med ett av dem. Däremot försvann tyngden från mina axlar i samma ögonblick som jag fick beskedet. Jag behövde inte längre vara orolig. Jag behövde aldrig mer vara rädd. Istället klev jag in i ett vakuum; där inne fanns inte så mycket luft; där inne fanns inga färger och ingen glädje. Min mammas man som försökte se hel ut utåt men som hade kraschat inåt, skötte kontakten med begravningsbyrån och valde kista och sten. Själv höll jag på att kvävas av sorg, tog hand om min fyraåriga bror om dagarna, och om nätterna ville jag skrika ut min sorg men tog istället en kudde att skrika i för att inte störa grannarna. Men trots kudden jag höll för munnen, vågade jag ändå inte skrika riktigt ordentligt, för tänk om det hördes, tänk om jag väckte någon på andra sidan väggen eller i lägenheten ovanför.

JO TACK, BRA!

— Hur har du det? Vad har hänt sen sist?

— ... jo, alltså ... jag är deprimerad ...

— Haha, ja vem är inte lite deppig emellanåt. Men annars då?

— ...

KONSTEN ATT RÖKA

Begravningsentreprenören, som hette Sören, tog en ny cigarett så fort den förra bara hade filtret kvar. Under den lilla stund vi stått där – i väntan på det ofattbara farvälet – hade många fimpar samlats framför hans fötter, utan glöd och noggrant trampade på. I något slags jakt på att må bättre, att skingra tankarna, ha något att göra, frågade jag om jag fick en cigarett av honom. Han plockade fram ett av sina paket Prince ur kavajfickan, dunkade vant på undersidan av paketet så att ett par cigaretter stack fram vilket gjorde det lättare för mig att ta. Jag drog ut en, satte den mellan läpparna i en slowmotion-rörelse som jag inte riktigt hade någon kontroll över, medan han redan hade plockat upp sin tändare från den andra kavajfickan, redo att tända närhelst jag också var det. Jag sög i mig av all röken, som om det gällde livet; jag tog i för kung och fosterland, så att röken rev på vägen ner i min luftstrupe, genom mina luftrör och ända ner i mina lungor.

Mamma hade rökt. Hennes höger pek- och långfinger var gulfärgade av alla hemrullade cigaretter vars tobak jag ibland hade sprungit till affären för att köpa. Baltic hette tobaken, och Rizla hette cigarettpappret, och jag älskade att rulla cigaretter. Det var ett hantverk gott som något. I köket satt jag och fyllde den lilla manuella apparaten med tobak, men man fick inte ha för mycket tobak, man fick inte packa den för hårt, för då blev cigaretten svårrökt. Sådana kunskaper satt jag inne med när jag var så där en sju-åtta år. Sedan drog jag ut ett tunt cigarett-papper, måttade med mina ögon så att det inte rullades in snett mellan de små valsarna, snurrade pappret runt tobaken som jag omsorgsfullt hade behandlat, för att till sist slicka på pappret så att klistret aktiverades. Ibland fastnade en bit tobak på tungan eller läppen. Då sved det riktigt ordentligt. Jag plockade bort tobaken som brände på min läpp, och tittade stolt ner på alla nyrullade cigaretter som jag lagt i cigarettasken. Den hade jag köpt till mamma när hon fyllde tjugofyra, en liten trälåda med en målad sjöman på locket. Hon älskade sjömän.

Utanför Helga Trefaldighets kyrka stod vi och väntade på att få gå in. Jag stod bredvid Sören som jag egentligen inte kände, och drog halsbloss fast jag egentligen inte rökte, omtumlad av allt som hade hänt.

ATT TVÄTTA SIN SMUTSIGA BYK

När min mammas man jobbade, tog jag hand om min lillebror. De bodde kvar i lägenheten som låg en trappa upp, ovanpå tvättstugan; de bodde kvar i samma trea där jag vuxit upp, samma lägenhet som urpsrungligen varit mitt och mammas hem, vars väggar hon hade målat, där jag hade formats, där minnena av henne alltid skulle finnas kvar.

Jag passade på att utnyttja tvättstugan när jag var där, tog min lillebror i ena handen och kassen med smutstvätt i den andra och gick ner. En granne till min mamma var där och plockade ihop sin rena tvätt samt luddet i torktumlaren, en granne som jag aldrig tidigare träffat. Hon beklagade sorgen och frågade hur min mamma hade dött. *Hur* hon hade dött? Mamma hade varit död i mindre än en månad, jag gick på autopilot för att inte helt rasa ihop, tog hand om min bror som förlorat sin mamma, min bror som förmodligen skulle komma att glömma bort vår mamma, så liten som han var. Och så frågade en vilt främmande människa mig *hur* vår mamma hade dött.

"Hon tog livet av sig", lyckades jag få fram, motvilligt, för jag kan inte ljuga, men jag hade önskat att jag kunnat ljuga, särskilt i den stunden när jag var så skör och fragil, när jag var så sårbar och labil.

Grannen nöjde sig inte med mitt svar, för ger man ett sådant svar, kommer alltid följdfrågan, ännu ett hur: *Hur* tog hon livet av sig?

Jag svarar aldrig på den frågan längre. För det har ingen med att göra. För det har inte alls med saken att göra. Hon dog. Punkt. Slut. Ja, okej då, hon tog livet av sig. Punkt. Slut. Men *hur* – det behöver ingen bekymra sig över. Hon lyckades med sin föresats, och ingen av oss lyckades hindra henne.

KONSTEN ATT VARA KONSTIG

Ofta sätts likhetstecken mellan någon som anses vara en konstnärssjäl med att vara känslig, alltså en sån där typ som trillar ner i depressioner och lider av stark ångest. Och inte sällan verkar det som om gemene man tror att när den konstnärlige befinner sig i sitt mörkaste tillstånd, skapar hon som allra bäst, vilket definitivt är en myt; i sitt mörkaste tillstånd ser man inga färger, hör man inga toner, känner man bara sorg.

Du. Och jag.

Du är lång och reslig, och jag kort; du pratar högt och ogenerat, smyger aldrig – för du kan inte smyga – och försöker aldrig gömma dig. Jag pratar tyst, tyst för att inte störa, tyst för att inte märkas, så pass tyst att du ofta inte hör vad jag säger.

Du skojar i början, om att jag inte har någon kropp, för jag gömmer den i för stora kläder, i alltför många kläder, lager på lager, för att dölja den, för att ingen ska se mig. För egentligen har jag bara ett huvud. Ingen kropp. Men du älskar mig, hela mig, inte bara mitt huvud; du älskar mig, hela mig, till och med min ångest som jag tidigt berättar om. Jag vill att du ska veta vad du ger dig in i, att jag minsann inte är någon enkel människa, att jag ibland trillar ner i mörkret, att jag ofta kliver in i den kletiga ångesten, och att saknaden av min mor är påtaglig och stor, att saknaden av min mor påbörjade redan innan hon dött, när rakbladen och alkoholen sakta men säkert förstörde henne, när tabletterna och spriten var viktigare för henne än familjen. Och du köper en bok om ångest, för att förstå den, för att begripa vad det är som drabbar mig titt som tätt. Men du förstår också tidigt, att lika nära som jag har till det mörka, har jag nära till glädjen, till skratten, till humorn; du förstår också tidigt, att jag inte bara är svag, skör och fragil, utan också väldigt stor, stark och stabil.

Vi smider planer, för det är vi nu, du och jag. Vi förverkligar drömmar och svetsas samman. Vi flyttar sjuttio mil till en plats där inget socialt skyddsnät tar emot oss, där vi måste börja om från början. Det är inte bara sorgliga minnen och såriga relationer som får oss att packa, utan nyfikenhet och upptäckarglädje som gör att vi lämnar, att vi vågar, att vi inte bara pratar, utan faktiskt gör det.

Väl på plats, när vi har sålt huset och flyttat, när vi är på plats i nya lägenheten i en stad där vi inte känner någon, i en stad där de pratar en dialekt som jag till en början inte förstår, drabbas jag av panikångest. Inte hade jag trott att jag skulle få det. Inte trodde jag att panikångest ens var på riktigt. Var inte det bara något man sa, för att verka vara märkvärdig? Nej, panikångesten är på riktigt, och den greppar tag om hela mig när jag står i vår nya lägenhet tre trappor upp med en utsikt jag inte känner igen, när barnen skolas in på ett dagis där de inte känner någon. Aj aj, vad ont det gör. Ingen luft. Ingen luft. Ut måste jag, ut! Jag öppnar balkongdörren så häftigt, så fort, att jag river ner en tekopp som står på fönsterbrädan, för jag måste komma ut på balkongen för att få luft. Luft!

Och i den främmande miljön där vi inte känner någon, förstår jag plötsligt vad jag har gjort, förstår jag med ens att jag har lämnat allt, att jag har övergett alla jag älskar, alla vänner, släktingar, minnen. Så jag gråter tyst om natten, jag gråter i min kudde för att inte väcka min älskade, för att inte visa mina barn. Sakta men säkert acklimatiseras vi, sakta men säkert blir vi en del av vår nya stad, sakta men säkert svetsas hela familjen samman mer än om vi hade stannat kvar, för vi har inga andra, vi har bara varandra.

MEDAN TIDEN GÅR

Medan tiden går, lär vi känna oss själva bättre. Medan tiden går, förstår jag att jag inte är den extroverta person som jag en gång ville tro att jag var. Istället visar jag mig vara motsatsen, helt tvärtom.

För vad exakt hände i mig när en musikjournalist från Dagens Nyheter ringde för en intervju inför en spelning jag hade inbokad i Stockholm? Vad hände i mig när jag ett par dagar senare läste hans fina ord i Sveriges största dagstidning, om min musik och hans rekommendation av min spelning samma kväll? Jo, det nästan svartnade för mina ögon, hjärtat slog alldeles för hårt och jag mådde illa; jag ville gömma mig, upphöra att existera, för att aldrig mer komma tillbaka.

Att se mitt namn, svart på vitt, tryckt i tidningen, var outhärdligt. Det fick mig nästan att stanna hemma och ställa in alltihop. Men jag fortsätter att spela. Jag sjunger. Jag komponerar. I all enkelhet. I smyg. I min källare. För min egen skull.

ATT LEVA I SAMSPEL MED SIG SJÄLV

Drömmar förändras.
Då, förr, drömde jag om ett hus mitt i stan.
I stadens sus och brus.
Med närheten till allt.
Och banken sa ja.

Det regnade in genom taket.
Banken sa ja.
Elen visade sig vara lika gammal som taket.
Banken sa ja.
Och så behövde vi en bil.
Ja, ni fattar.

Drömmar förändras.
Jag förstår mina begränsningar.
Jag inser att jag inte klarar av att jobba heltid.
Utan en heltidslön blir det svårt att vara upp över öronen
belånad.

Drömmen får en annan riktning.
Likt en grönavågare på sjuttiotalet,
längtar jag bort från stadens sus och brus.
Till något mer hållbart och äkta.
Till något mer genuint.
Till något som skulle kunna vara mitt.
Vårt. Alldeles eget.
Inte bankens.
Slippa vara skuldsatta.
Leva lite enklare.
Odla palsternackor.
Stå på egna ben.

Du vet att du kan ringa, precis när du vill

Så sa jag när jag var ung: Du vet att du kan ringa, precis när du vill, det är helt okej, jag ställer upp, alltid. Så sa jag. Och så sa mina vänner med. Det var så man sa, för man ville ställa upp, man ville finnas där för sina vänner, man ville vara en god kamrat helt enkelt. Att vännen sedan ringde mitt i natten – det gjorde ingenting. Inte alls. Inte ett dugg. Vi var ju unga och kunde somna om igen; vi var ju unga och hade inga andra att ta hänsyn till. Så ring bara, mitt i natten, när du vill, när du behöver; jag finns där, för dig.

Och så ringde hon, Ingela från jobbet, mitt i natten. Inte en gång, inte två, utan fler. Hon var drygt femtio och jag tjugo, och under tre år jobbade vi ihop på en gruppbostad. Hon ringde och grät, och jag tröstade henne, mitt i natten. Hon berättade att hon hade varit ute och köat till dansrestaurangen, och när hon stod där i kön, i mörkret på vingliga klackar, uppklädd och nyfriserad och med en liten plunta i väskan, blev hon nedslagen. Bara så där. Utan förvarning. Två tänder rykte, och nu grät hon i telefonluren, stackars Ingela. Tänk att hon alltid skulle råka ut. Vi la på, och jag låg i min säng och tänkte på henne, på hur hon hade haft det, hur hon blev tvungen att börja jobba som hembiträde redan som fjortonåring, hur hon blev sexuellt utnyttjad av mannen i huset där hon jobbade, och hur hon sedan gifte sig och skaffade barn med en hustrumisshandlare som hon sedan lyckades skilja sig ifrån. Nu levde hon ensam eftersom barnen var utflugna och vuxna för länge sedan.

När Ingela hade haft sovande jour på jobbet syntes det i badrummet; klumpar av mascara låg i handfatet, och handdukarna var färgade av hennes brunkräm och läppstift. Hon verkade ha fått bråttom på morgonen – eller kanske lampan var för svag i badrummet – och fått för stor mängd av någon av ingredienserna i ansiktet, och i egenskap av hennes vän ville jag hjälpa henne att rätta till det, varpå jag påtalade att hon hade mascara på kinden, läppstift på framtänderna eller en tjock kaka med brunkräm på halsen.

"Du ska då alltid ha synpunkter på allt. Va? Du behöver inte påpeka allt du ser!"

Hennes röst lät arg och irriterad när jag precis hade berättat hur det låg till. Diskret hade jag lagt fram det; hänsynsfullt och varsamt hade jag sagt det. Det var aldrig min mening att göra henne upprörd. Jag ville bara säga till eftersom jag visste att hon ville vara fin.

Trots det fortsatte hon att ringa till mig om nätterna, och jag svarade. Hon berättade att hennes lägenhet hade brunnit ned. Någon hade kastat in ett brinnande föremål genom brevinkastet, och elden hade spridit sig genom större delen av lägenheten medan hon låg och sov. Det var med nöd och näppe som hon hade överlevt. Stackars Ingela. Hur kunde allt detta hända henne?

Åren gick, jag hade sagt upp mig från jobbet, gått en konstutbildning och skaffat familj. Jag var mor till en liten son och gift med hans far, och plötsligt en natt ringde telefonen. Motvilligt svarade jag eftersom jag sov, och sömn var något jag inte längre var bortskämd med, nu när jag hade en liten nyfödd att ta hand om; snabbt svarade jag för att telefonsignalen inte skulle väcka min man som skulle gå upp tidigt för att jobba.

Det var Ingela. Hon hade varit på dansrestaurangen, och jag hörde att hon slirade på konsonanterna. Hon berättade att hon hade träffat en kille där som hette Sam. Han var tjugotre år och de hade funnit varandra direkt, och i bakgrunden hörde jag dem fnissa och skratta tillsammans.

"Vill du prata med honom?" frågade hon mig. "Han sitter här bredvid mig i soffan."

Innan jag hann svara hörde jag en främmande man greppa luren och börja prata, en mansröst jag aldrig tidigare hade hört och inte hade någon större lust att lyssna på just nu, klockan tre på natten. Men vi bytte några ord, artigt och stelt, och när vi hade lagt på drog jag ur telefonjacket.

SOMMARENS VEDERMÖDOR OCH VÄLSIGNELSER

Hur kommer det sig, att jag varje år vid den här tiden, känner mig så oförberedd? Som nu, när det redan är slutet av juni. När hände det egentligen – sommaren? Jag menar, här sitter jag inomhus och kurar och vill sy en kjol; här pillar jag på en tapet som jag vill riva ner till varje pris; här sitter jag vid köksbordet och skriver en text som aldrig blir klar, när jag borde vara ute och skrapa fönster, kitta rutor och dra upp tistlarna som sticks under fötterna.

Och genom fönstret ser jag hur allting grönskar, hur det spirar och växer och gror, och jag inser – som varje sommar – att jag inte kommer att hinna måla alla fönster, att jag inte kommer att hinna kitta alla rutorna i växthuset, att jag inte kommer hinna klippa alla grenar som är i vägen, att jag inte kommer hinna göra allt jag hela tiden tänker att jag vill hinna göra, för tiden är knapp och jag har knappt förstått att det är sommar än. Och med vetskapen om att det kommer en ny sommar om en stund, skriver jag klart texten och drar ner tapeten och rullgardinen likaså, för solen är alldeles för stark.

JA TACK, MEN JAG MÅSTE TACKA NEJ

Jag tycker om människor. Jag är nyfiken på dem och är intresserad av vilka de är, hur de tänker, vad de har upplevt, vilka deras framtidsplaner är och vad de har för drömmar. Och jag träffar nya människor, hela tiden, på arbetsplatser, kurser, barnens skola och på andra sidan staketet, människor som väcker min uppmärksamhet och beundran, människor som närmar sig mig, ser mig och vill vara min vän. Självklart vill jag dricka kaffe med en nyfunnen vän, men trots det drar jag mig undan eftersom jag inser att jag inte är den de förväntar sig att jag ska vara; jag är inte så där glad som jag verkar, rolig och spexig.

För att inte göra dem besvikna, håller jag distans, verkar ointresserad och upptagen på annat håll, och gör mig osynlig. Jag vill helt enkelt inte – alldeles i början av en bekantskap – basunera ut att jag är skör, att jag mår dåligt, att jag inte orkar så mycket som jag egentligen vill, att jag inte är någonting att räkna med, att de inte ska satsa sina kort på mig eftersom jag med stor sannolikhet måste ställa in det vi har planerat när ångesten kommer och drar undan mattan.

HUR MÅR DU? HADE DU DET FINT I HELGEN?

Jag promenerar till jobbet. I mina öron hörs tonerna av Radioheads skramliga och älskvärda musik. Fort går jag, fort med pendlande armar.

Väl framme vid patentkontoret där jag jobbar, stänger jag av min iPod, slår in portkoden och går uppför trapporna till kontoret där min flitiga chef redan sitter och jobbar tyst och sammanbitet bakom sitt stora skrivbord. Hon kommer först och går sist. Ambitiös och duktig. Men hon har heller inga barn som hon måste hasta hem till, laga middag åt, följa med till simskolan, förhöra på glosor och luskamma innan dagen är slut. Hennes hår har aldrig kommit i närheten av löss; det är blont och skinande blankt, snudd på perfekt, som taget ur en schamporeklam, och den välskräddade kavajen matchar självklart de lika välsydda byxorna.

"God morgon!" ropar jag glatt när jag kommer in. Hon tittar knappt upp. Hon är upptagen. Ser jag inte det?

Jag går vidare igenom den långa korridoren och passerar den snälla, varma sekreteraren som tyvärr snart ska gå i pension. Hon letar efter akter, kryper på alla fyra och letar överallt i sitt ganska röriga rum, men trots hennes flitiga letande får jag ett varmt "God morgon!" av henne tillsammans med ett leende.

Så fort jag har tagit mig in på mitt rum, som ligger precis bakom toaletten, slår jag på radion som jag köpt och ställt på mitt skrivbord och låter P1 stå på resten av dagen. Det är min enda kontakt med världen utanför kontoret, det är min enda länk till mänsklig kontakt. Den döljer också en del ljud som kommer från toaletten, och som den hänsynsfulla människa jag är, skruvar jag upp radion när någon av mina kollegor måste gå, ni vet vart.

Sen sitter vi i våra rum; de viktiga och mer välbetalda kollegorna har större rum än vi assistenter som är placerade bakom toaletternas tunna väggar. Plötsligt ringer det på dörrklockan. Det är brevbäraren. Jag rusar upp, för idag är det min tur att ta hand om posten. Vi byter låda, brevbäraren och jag; han får den tomma som vi fick full med brev igår, och jag får den fulla med dagens skörd. Sen smiter jag åter in på mitt rum och sprättar upp brev efter brev, stämplar och ser till att ingen frist glöms bort, att alla datum läggs in i varje ärende, att allt kopieras och dokumenteras. Ordning och reda. Sedan ska en av mina assistentkollegor attestera allt jag har gått igenom, så att jag inte har glömt något. Det är dyrt att glömma i den här branschen, det kan kosta mycket pengar, för oss och våra kunder.

När posthanteringen är klar, går jag runt till alla och säger "Ska vi gå igenom posten? Kaffe?" Alla mumlar något som låter som "ja" bakom viktiga akter, och sakta men säkert lämnar de sina rum, en efter en. Kaffemaskinen har jag redan rengjort och fyllt på med kaffebönor och mjölkpulver, så det är bara att stoppa in koppen och trycka på valfri knapp.

Vi slår oss ner med våra koppar runt ett stort bord. Vi är inte många, bara några få kollegor på ett litet kontor, som under vår kafferast varje förmiddag vid halv tiotiden, går igenom dagens post och pratar jobb. Jobb, jobb, jobb. Ärenden och frister, pågående ärenden och kommande ärenden, förelägganden och anstånd. Ingenting annat tas upp när vi har kafferast, ingenting personligt som "Hur mår du?" eller "Vad gjorde du i helgen?" Ingenting sånt. Ingenting som visar att vi bryr oss om varandra. Och under hela kafferasten, ligger chefens osäkerhet som en ogenomtränglig och tjock dimma i hela rummet; hennes misstänksamma blickar tar sig nogsamt igenom dokument efter dokument; ingen frist får missas, inga förnyelser får glömmas bort. Hon litar inte på oss fast vi har dubbelkollat vartenda dokument och vartenda kvitto, och signerat och attesterat och stämplat med datum och satt in en fysisk kopia i varje akt – en rutin som vi gör varje dag, flera gånger om dagen. Hon litar helt enkelt inte på oss. Hon litar inte på någon.

Ibland ryter ena juristen till. Han säger ifrån. Han har fått nog. Men chefen hugger tillbaka och låter honom inte prata färdigt; hon ska ha sista ordet för hon har alltid rätt och hela styrelsen bakom sig, och med ens har hennes osäkra dimma förvandlats till en regntyngd sky, där inget ljus släpps igenom.

Vi andra sitter som paralyserade kvar och tittar ner i våra tomma kaffemuggar medan det åskar och mullrar nonstop. Kan vi gå nu? undrar vi tyst för oss själva. En modig sekreterare – hon som strax ska gå i pension – reser sig diskret upp från bordet varpå vi andra också gör det, lika diskret.

Vi smyger iväg så tyst att det knappt märks, och återgår till våra akter som ligger i drivor på våra skrivbord. På P1 har *Kropp och själ* precis börjat, som idag handlar om psykisk ohälsa, men jag har inte tid att lyssna.

ATT VÄLJA RÄTT

Har du tänkt på, att om vi säljer huset, kan vi köpa ett annat, för vinsten? Jo, det är sant, det finns hus för under miljonen. Nej, inte här, men lite mer avsides, där jobben inte finns i överflöd, lite längre bort ifrån allt, längre bort från trängseln, från själva pulsen. Men vad gör väl det, när barnen är stora och det bara är vi kvar? Varför ska vi bo här i vårt förvisso alldeles underbara hus, som till stor del ägs av banken, vilken kräver in räntor varje månad, varje år, och ingen aning har vi om hur räntorna kommer att vara om ett år eller två? Nej, tänk om vi säljer detta fantastiska hus, och köper ett nytt lika fantastiskt, ett hus som i jämförelse med detta inte kostar många kronor, där vi kan bo och endast betala för el, värme, vatten, avlopp och sophämtning. Vore inte det befriande? Vore inte det alldeles underbart? Och du skulle inte behöva jobba heltid, utan kunna ägna dig mer åt din musik, dina musikvideor, ditt band ... och mig. Tänk dig att ha mer tid, tillsammans, du och jag, för det är du och jag. Och närmre skulle vi kunna bo, närmare hemma, närmare det vi en gång flyttade ifrån. Åh, vad jag saknar hemma. Här har vi inte mycket kvar när barnen har flyttat, ja, förutom bostadslånet då. Men där, i huset lite längre norrut, huset som vi kan äga, som bara kostar för driften, kommer vi att ha närmare till alla nära och kära, och du kan repa med ditt band när du vill. Jag vet att du inte har tänkt den här tanken förut, för du klagar aldrig, du funderar inte ens på att klaga. Du bara går till jobbet och jobbar fast du har så mycket musik i dig som måste ut. Du ifrågasätter inte din tid, du accepterar livet som det är, medan jag ständigt och jämt lyfter på varje sten för att hitta något som kanske gör livet lite, lite bättre, lite, lite lättare. Men nu har jag gläntat på dörren för att visa dig att det finns mer än heltidsjobb och bostadsräntor, och du verkar gilla idén; dörren jag visade dig har du öppnat, och medan du har gått genom den och vill fullfölja idén, drabbas jag av plötslig och smärtsam beslutsångest. Vad har vi gjort? Jo, vi har köpt ett hus för knappt några pengar alls, ett hus om åtta rum och kök, det vill säga dubbelt så stort som det vi fortfarande bor i. Och det var jag som drev hela denna idé, det var jag som tjatade och letade efter hus på internet; det var jag som drog in dig i detta vansinnesdåd. Det är mitt fel alltihop. Men innerst inne vet jag att det vore alldeles fantastiskt att få bo i detta omhändertagna hus från 1931, centralt beläget i en pytteliten tätort där allt finns, ett hus som har en gammal butikslokal där vi så småningom kan driva musikcafé, ett hus som ligger omgivet av vackra, gamla hus, med närhet till allt, vid foten av ett berg. Och det är närmre hem, det är inte sjuttio mil utan drygt trettio mil, men ändå känner jag sådan ångest över att min dröm nu har blivit sann, att tankar som far in i mitt huvud kan bli verklighet, att jag kan vara så övertygande – för både mig själv och andra – och att jag har dragit in dig i mitt irrationella beslut.

Vi behöver inte bestämma oss än, säger du till mig när karusellen snurrar och hela jag håller på att rasa ihop i ett slags kaostillstånd och självpåtagen skuld. Vi tar en dag i sänder, fortsätter du. Vi känner efter, vi provar oss fram. Hus går att sälja, antingen det här, eller det där. Vi får se var vi kommer att bo. Vi har ju varandra, oavsett.

JAG ÄR VANLIG

— Vad gjorde du på semestern?

— Jag var hemma och gjorde absolut ingenting.

Jag åkte inte till Thailand,

jag bakade inte surdegsbröd,

jag renoverade inte köket.

Jag gjorde ingenting.

Jag läste inte ens en bok.

OM ATT VARA DÖDLIG

För flera år sedan skulle min gamla idol Morrissey komma och spela i vår stad. Jag tittade på min man, och båda nickade samstämmigt. Visst skulle vi gå och se honom, live, här i Sverige.

Morrissey, vars sång jag har lyssnat på sedan 1985 ... Då sjöng han i The Smiths, och jag kunde varenda låt utantill, vartenda ord, varenda frasering. Och nu, drygt tjugo år senare, skulle jag äntligen få lyssna på denna fantastiska låtskrivare som format och påverkat mig musikaliskt.

Samma dag som han skulle spela, följde jag med min dotter till hennes aktivitet som låg i samma kvarter där konserten skulle äga rum senare samma dag. Utanför konserthallen hängde hans fans, och innanför sound-checkade idolen för fullt. Fansen var unga, ungefär lika unga som jag var tjugo år tidigare, och när jag nu passerade denna svartklädda skara människor, funderade jag på om de var varse att jag var en av dem, att jag i min ficka hade en biljett till kvällens stora konsert, att jag kunde varenda låt utantill, vartenda ord, varenda frasering. Skulle de ens i sin vildaste fantasi kunna föreställa sig det när de såg mig gå förbi, när de såg denna tvåbarnsmamma som närmade sig fyrtio med stormsteg, och som precis hade lämnat en av sina ungar på konståkningsträning? Nej, jag tror inte det.

De kunde nog inte se mig som jag såg ut tjugo år tidigare; de kunde nog inte tänka sig mig sjunga "I've come to wish you an unhappy birthday", för de kände inte mig för tjugo år sedan. Då fanns inte de. Då var det jag som var ung.

Min största önskan är att klara av det

Jag går till jobbet. Jag ska klara det här. Jag kan det här.

Jag går till jobbet. Jag tar initiativ, jag får folk att skratta, jag får vänner. Jag gör sånt man ska göra på jobbet; jag ser vad som ska göras, och jag gör det ordentligt.

Jag går till jobbet, varje dag. Jag tar ansvar. Jag är ansvarsfull. Jag är en sån man kan lita på. Jag kommer alltid i tid, eller rättare sagt, jag kommer alltid för tidigt, och jag går aldrig hem tidigare än jag ska.

Jag går till jobbet, och biter ihop. Jag fortsätter att le och skratta och inkluderar alla och gör ett gott jobb. Men en dag frågar en kollega om hur jag mår, och det är som om golvet försvinner. Kvar finns längre ingenting att stå på; mitt glada jag – som jag kopplar på för att klara av jobbet och livet – brakar samman och det finns inte längre någon kraft som kan hålla mig upprätt.

Jag går hem från jobbet och känner att benen inte bär, att tårarna tränger fram och jag inser att jag måste ringa till jobbet och avslöja min stora hemlighet; jag måste erkänna för dem att jag lider av återkommande depressioner och är väldigt stress-känslig. Men inte kan väl hon vara deprimerad, hon som alltid är så glad och utåtriktad, varje dag. Men jo, jag är deprimerad. Jag ville så gärna, jag ville klara mig själv, jag ville inte vara sjuk-skriven och ha kontakt med psykiatrin, men orken finns där inte längre. Tyvärr. Energin har tagit slut, energi som jag egent-ligen inte har men som jag på något sätt ändå lyckats pressa fram.

Jag kontaktar psykiatrin och får träffa en läkare som jag träffat förut. Hon undrar varför jag hela tiden avbryter mina sjukskrivningar, söker nya jobb och börjar jobba heltid. För att jag vill klara mig själv, svarar jag. Hon tittar på mig och ser be-kymrad ut och skriver något i ett block.

"Medicin", säger hon till slut.

Det har läkarna föreslagit sedan jag var arton. Och jag har tackat nej, hela tiden tackat nej. Nej tack, det är bra, jag ska klara det här, utan medicin. Så även denna gång.

"Varför inte? Vill du inte må bättre?"

Hon lägger ifrån sig blocket, och med en övertygande röst och empatisk blick berättar hon – pedagogiskt – exakt samma sak, med exakt samma ordföljd, som flera andra läkare jag besökt genom åren redan har berättat.

"En diabetiker tar insulin för att må bättre. Insulin botar inte diabetes men gör att diabetikern mår bättre. Det är precis samma sak med depression. Tar du antidepressiv medicin, det vill säga SSRI, blir du inte botad, men du kommer att må bättre. Jag skriver ut det till dig så får du fundera på saken."

När jag frågar om antidepressiv medicin är beroendeframkallande, får jag ett tydligt nej till svar.

"Absolut inte. Däremot", förklarar hon vidare, "måste du först fasa in medicinen, vilket kan ta några veckor innan den verkar, och du kommer förmodligen, med stor sannolikhet, få biverkningar som till exempel väldigt stark ångest, men sen fungerar den bra tills du kanske går upp eller ner i vikt. Då ställer man om medicinen vilket kommer att kännas som i början av behandlingen, med krypningar i kroppen och huvudvärk och ibland självmordstankar. Men när medicinen väl har fasats in igen så fungerar den jättebra. Om du lite längre fram vill avsluta behandlingen, gäller samma sak igen, att du måste fasa ut medicinen, successivt, för slutar du tvärt kan du må jättedåligt och bli suicidal. Men med tanke på att du har återkommande depressioner och stark ångest, är mitt råd att du alltid tar medicinen, livet ut, varje dag."

Jag hämtar aldrig ut medicinen, något läkaren säkert misstänker. Hon vet att jag har en avog inställning till psykofarmaka; hon känner till vad som hände med min mamma som fick alla möjliga mediciner utskrivna till sig, mediciner som varken gjorde henne gladare eller höll henne vid liv.

OM NATTEN

När mörkret faller vill jag desperat hålla mig vaken hur trött jag än är, hur gärna jag än vill – och behöver – sova.

När mörkret faller stannar det mesta upp: affärerna stänger, människorna sover, fåglarna vilar. Allting tar en paus. Världen tar ett uppehåll, en lång rast, vilket ger mig andrum, tid att hämta kraft, tid att tänka.

När mörkret faller, väcks min kreativitet. Min skaparlust förvandlar mörker till ljus, och i ljudet av tystnaden inspireras jag ackompanjerad av nattens stillhet och lugn.

Men innan klockan är tio sover jag, för länge sen, för jag är alldeles för trött numera. Hur jag än pressar mig för att få njuta av nattens stillhet, somnar jag innan lugnet har anlänt. Mitt forna jag, den tidigare nattmänniskan, finns inte längre. Hon sover djupt så här dags, när ungdomarna är på väg ut i natten för att skratta i månens sken, när barnen sitter på övervåningen och spelar gitarr och diskuterar kärlek, när maken sitter i källaren och redigerar en ny musikvideo. Ja, då sover jag redan djupt för att sedan gå upp i ottan, i gryningen, ensam. Jag dricker mitt kaffe i morgonstundens tystnad, smyger omkring för att inte väcka familjen, lyssnar på radion på så låg volym att jag slipper höra allt otäckt som har hänt, och utanför fönstret sjunger koltrastarna vackrare än någon annan musik i världen.

I SKUGGAN AV ÄNNU EN BRÄND BRO

Du vet den där känslan när du vill göra något med ditt liv, känner dig någorlunda stark och stabil, och under ett obevakat men svagt ögonblick, tackar du ja för att du blir smickrad och glad och känner dig sedd och snudd på lite begåvad och oumbärlig, och kastar dig således in i detta nya och främmande sammanhang samtidigt som du intalar dig själv att detta kommer att gå bra, att detta är nyttigt för dig, att du behöver göra något nytt och utvecklas som människa.

Och med ens, utan förvarning, befinner du dig i denna nya situation som för dig är ohanterlig, och du tittar dig omkring och inser att du har lurat alla, att du har invaggat dig själv och dina medmänniskor i en falsk trygghet, att du har låtsats vara någon som du var förut. Men du är fortfarande en lojal och ansvarsfull person och skulle aldrig lämna någon i sticket, så du biter ihop ett tag till, tills du biter dig i läppen, tills din energi är slut, tills ditt sanna jag kommer fram så du måste erkänna att du inte klarar detta, att du måste gå, att du måste överge dem, svika ensemblen, för att aldrig mer komma tillbaka. Med svansen mellan benen – ännu en gång – blir du svikaren som överger, smitaren som avlägsnar sig, avhopparen som drar när det börjar bli lite svårt, likt en pappa som lämnar sina barn åt sitt öde när kraven blir för stora och oöverkomliga.

Så du lommar iväg i mörkret, som en inbrottstjuv om natten, och hoppas att ingen ser dig, att ingen lägger ditt namn på minnet; så du smyger iväg likt en skugga och gömmer dig tills stressen har lagt sig och sorgen stillats, och tänker att nästa gång du vill säga ja till livet, ska du tacka nej, för du är inte längre den du en gång var, innan du brände ut dig, innan du började bränna broar.

DRÖMMAR

Som ung drömde jag om annat än billiga hus på landet, köpstopp och att jobba mindre än heltid. Som ung bestod mina drömmar av en mer luddig karaktär; de var mer diffusa och svåra att tyda.

Drömmar får vara svåra att tyda. Drömmar är ändå bara drömmar. Och mina drömmar var definitivt drömmar som inte hade någon förankring i verkligheten. Eller hade jag kunnat bli skådespelare? Eller konstnär? Sångare? Illustratör? Eller fotograf? Mina drömmar delade jag med många, så pass många att jag fick höra att det inte var någon idé att ens försöka, för konkurrensen var så otroligt stor, att jag aldrig **ALDRIG** skulle klara av det ändå, det begrep jag väl.

För mig tedde sig vuxenvärlden något vag, precis som mina drömmar. Det var svårt att föreställa sig vad som förväntades av mig, var jag skulle börja eller vad jag skulle göra. Kanske det är så för många unga. Därför uppmanar jag mina barn, som snart är vuxna, att de ska följa sina hjärtan oavsett vad, att de ska fortsätta att tro på sig själva och fortsätta vara envisa, säga nej till saker de inte vill, och ja till det de vill.

Att vara mamma är häftigare än någon annan dröm jag har haft och den enda uppgiften jag har klarat av till fullo; att vara mamma fanns aldrig med bland mina drömmar, men jag är oerhört glad och tacksam att det blev som det blev.

Man vänjer sig

Man vänjer sig vid deras blickar, man vänjer sig vid deras rop. Man till och med vänjer sig vid att se tidningarna, för honom, som förr alltid stod synliga men som idag står lite mer avsides, lite mer avskilt, som för att ta hänsyn till oss.

Man vänjer sig vid att ibland bli tagen på, ibland mellan benen, ibland där bak, eller när någon i förbifarten snuddar vid ens bröst.

Man vänjer sig vid att inte välja den folktomma gatan på vägen hem, i mörkret, fast det är den kortaste. Istället hörs våra mödrars vädjan att välja vägen där det finns folk och bilar, liv och larm.

Man vänjer sig vid att bli kallad jävla kärring, hora, fruntimmer eller fitta, epitet som när de används har till syfte att förminska oss. Men de kan även användas för att förlöjliga en man som inte beter sig tillräckligt manligt.

Tidigt får vi lära oss att vara på vår vakt. Tidigt lär vi oss att vara rädda. Tidigt lär våra mödrar oss allt detta, och vi – i vår tur

– våra döttrar, och så fortsätter det, i all evinnerlig tid, för alltid, som en del av den kvinnliga traditionen.

Akta dig för fula gubbar. Prata inte med främmande män. Följ aldrig med någon in i skogen, inte ens om han lockar med en godispåse.

Tidigt får vi lära oss, att kvinnan får skylla sig själv om hon blir våldtagen, i alla fall om hon är full och har alltför avslöjande kläder. Detta har för mig alltid låtit konstigt, som om det är våldtäktsmannen som är offret och inte kvinnan som har blivit våldtagen. Vari ligger logiken? Jag fortsätter att klura på den, håller mig nykter och är påbyltad för att inte väcka den björn som sover, för att inte bli skuld i något som inte var min avsikt.

* * *

Så är det, älskade dotter, men det märkte du för länge sedan; det märkte du när du var tretton-fjorton år, när män plötsligt tittade på dig lite för länge, visslade på dig som en hund, fällde opassande kommentarer och tog kontakt på ett lite för närgånget sätt. Och det gör mig ont, att det ska vara så, att du, min underbara unge, var tvungen att växa upp i ett sånt samhälle, att du blev tvungen att märka av blickarna i din ensamhet, innan jag hann avslöja sanningen för dig, innan jag själv förstod att det hände. Naiv var jag som trodde att vi hade kommit längre än så; först nu har jag blivit varse att du är min medsyster, att vi tillsammans måste kämpa för att det ska bli någon förändring i vårt jämställda samhälle.

MUSIK

Här hemma gör vi musik.
Musik för att det är kul.
Musik för att må bra.
Text och musik.
Tillsammans.
För att det är kul.
Inga förväntningar.
Inga agendor.
Ingen press helt enkelt.
Vi skriver låtarna.
Vi spelar in.
Spelar gitarr.
Sjunger.
Lägger stämmor.
Arrangerar.
Bjuder in andra musiker som kan lägga trummor, mer piano,
bas och saxofon.
Vi mixar. Vi fixar.
Helt och hållet i samma anda som Korpen, fast utan fotboll
och träningskläder.

OCH KVINNAN S K R E K

Ja, det gjorde hon verkligen. Hon skrek. SKREK! Riktigt ordentligt skrek hon, avgrundsdjupt.

Hon stod utanför vuxenpsykiatriska öppenvårdsmottagningen, mitt i stan, på trottoaren, där bilar körde förbi, där folk var på väg till lunchrestaurangen alldeles bredvid, och hon skrek. Bara SKREK!

"Psykiatrin ligger här, så hon är säkert en sån, du vet, har varit där menar jag, på psykiatrin alltså", hörde jag en man säga till en annan man när de passerade den skrikande kvinnan.

Den andra mannen skrockade lite nervöst, nickade instämmande och log. Jo, det förstås, det förstod väl han med, för så där skriker inte en frisk människa, en normalt funtad person. Skrattande fortsatte männen att diskutera kvinnan som självklart var ett fall för psykiatrin, ett så kallat psykfall, och försvann in genom restaurangdörren. Själv gick jag in i dörren bredvid lunchstället och satte mig i väntrummet och väntade på att psykologen skulle ropa upp mitt namn.

GÄSTEN PÅ FESTEN

Vi är bortbjudna, min man och jag, och familjen som bjuder hem oss känner vi lite grann. De är våra nya grannar, och deras vänner har vi aldrig träffat. Så när folk dräller in, lite pö om pö, står jag redo med min hand vilken jag sträcker fram samtidigt som jag pliktskyldigt säger mitt namn.

"Och vad gör du för nåt då?" frågar en av gästerna vänligt, han som för tillfället står mittemot mig med min hand i sin. Ja, det är så man gör, frågar vad människor jobbar med för att på så sätt lära sig mer om personen vars hand man precis har skakat, för att kategorisera, placera samt klassificera.

Jag skruvar på mig missmodigt eftersom jag tycker att denna fråga är förutsägbar och dum. Inte vill jag basunera ut att jag är sjukskriven bland främlingar på en fest; inte vill jag dra ner stämningen genom att avslöja det, eftersom jag vet, av erfarenhet, att om jag svarar, om jag berättar sanningen, kommer följdfrågan som ett brev på posten, vilken lyder: "För vad?" Och har man kommit så långt i ett första möte med en främmande person, går det bara utför för mig, och för den som ställde frågan. Så jag svarar, "Jag gör ingenting."

"Va? Nä, det kan väl inte stämma. Berätta nu?"

"Det är sant, jag gör ingenting."

Min man sluter upp, ställer sig vid min sida och försöker rädda situationen genom att säga, "Men du gör ju massor. Du skriver."

"Aha, du skriver?" Mannen mittemot ser intresserad ut. "Vad skriver du? Skönlitteratur?"

"Alltså, allt möjligt. Jag ..."

"Du skriver bland annat en blogg", fyller min man i som vill vara snäll och hjälpa mig, men plötsligt känner jag mig intrasslad och vet inte vad jag ska säga, för mannen mittemot har placerat in mig i ett fack; jag är numera festens författare som spelar svår och är så där lagom introvert och modest.

Lite senare lutar sig samma man fram emot mig med frågorna: "När skriver du? Har du rutiner för ditt skrivande? Har du en speciell plats där du skriver?"

"Jag sitter vid köksbordet", blir mitt svar, och innan jag vet ordet av, har jag blottat mig helt, berättat hur jag gör, för jag kan inte ljuga, jag har inget filter, och delar med mig av saker med folk jag inte känner, fast jag egentligen inte vill, och ångrar mig alltid, mitt i en mening, när jag är som mest insnärjd i en av mina långa och krångliga haranger som ingen vill höra. Jag säger att jag helst skriver när jag är ensam hemma, att jag aldrig får börja skriva för sent om dagen, att jag alltid måste börja skriva redan på morgonen, absolut senast på förmiddagen. Börjar jag skriva senare än så, kan jag inte sluta skriva förrän långt efter midnatt, tills ögonen blivit röda och migränen tagit vid. För jag blir som besatt, snudd på manisk. Och lyckas jag lägga mig i min säng för att sova, somnar jag inte, ligger jag där sömnlös, medan hjärnan är på högvarv, nacken spänd och ögonen vidöppna. För berättelsen fortsätter i mitt huvud, med förslag till ny inledning, nytt slut, nya karaktärer, ny handling. Med andra ord: Jag skriver inte för att koppla av. Tvärtom. Det är en förbannelse, ett gift. Och jag älskar det, säger jag och ler glatt.

Han iakttar mig – författaren – med förtjust blick. Jodå, lite galen måste man nog vara för att skriva.

Kvällen går, och när jag står bland några som jag inte tidigare har stått ibland, hör jag ordet "kändis" nämnas och jag hoppar på det tåget och frågar nyfiket, om än spelad nyfikenhet – "Vadå, vilken kändis?" – när en i gänget vänder sig mot mig och säger, "Jamen, du är ju kändis." Hon ler stort och lägger sen till, "Ja, jag hörde att du är författare."

"Nä men, jag skriver bara", säger jag urskuldande och inser att alla på festen tror att jag är författare, och därmed framgångsrik, bara för att jag inte sa att jag var sjukskriven när frågan kom upp.

"Jag är inte ens publicerad", ursäktar jag mig, men ingen hör.

Jag smiter ut i trädgården där jag sätter mig på en stol under ett parasoll, i skydd för regnet, i skydd för människorna.

Drömmen om landet

Mina drömmar om att flytta luckras upp, sakta, sakta. Det är verkligheten som har gjort sig påmind, verkligheten där ute, där den urbana normen råder.

De billiga husen som vi har tittat på, ligger på landsbygden, i glesbygden, i små kommuner eller orter som håller på att utarmas, där jobben inte längre finns, där inte ens en mataffär finns kvar.

Människorna flyttar därifrån in till städerna för att få jobb, för att få utbildning, vilket gör städerna större och landsbygden allt tommare.

Att bo på landsbygden, i ett avfolkat före detta brukssamhälle, där bruket har fått stänga ner för länge sen, där människorna tvingats bli arbetslösa, där husen står övergivna, där endast de äldre bor kvar, innebär dålig mobiltelefontäckning, dåligt eller inget bredband alls, tillfälle för ligor att göra inbrott eftersom ingen polis finns tillgänglig, samt svårt att få akut hjälp vid sjukdom eftersom närmaste sjukhus ligger i en mer urban miljö. Att bo där husen är billiga kanske inte är så billigt trots allt.

Min dröm om att flytta, är en dröm om att få bo vackert, i en lantlig idyll, som kanske inte längre finns.

Min dröm kanske bara är en dröm, en utopi, som för alltid är otillgänglig. Kanske jag bara kan läsa om den i Jane Austens böcker eller se den i *Midsomer Murders*.

JAG STANNAR HELST HEMMA

Jag går aldrig på bio
Jag tycker om att titta på film hemma

Jag läser aldrig romaner
Jag skriver hellre själv

Jag går aldrig på pub med mina vänner
Jag dricker inte alkohol

Jag går ofrivilligt på restaurang ibland,
eftersom jag föredrar att äta mat hemma som min man lagar

Jag har inte råd att åka till Thailand
Men det gör ingenting, för jag vill helst slippa

Jag tycker inte om värmen
och jag tycker att sommaren är för lång

Jag föredrar att sitta i skuggan
och tycker endast om solen när den skyms av molnen

Jag stannar gärna inomhus
och drar ner rullgardinerna när solen är som varmast

Jag tycker om regn
och har ingenting emot att bli blöt

Jag älskar musik, men föredrar tystnaden

Jag är social, men vill vara ensam

Jag vill inte åka på bilutflykt till ett glasbruk

Jag stannar hellre hemma

MIN KATTUNGE

"De vill att jag kommer, snart. De vill träffa mig. Och de betalar biljetten dit."

"Va! Vad roligt! Och du har förstås svarat och sagt att du kommer. Eller hur? Visst har du det? Så att de vet att du är intresserad, jag menar, det är ju ett stort skivbolag, ett av de största, och de har kontaktat dig; de vill träffa dig. Fatta! Du har väl svarat dem?"

"Nej, inte än. Jag gör det sen. Imorgon. Nu är jag trött. Nu ska jag softa, ta det lugnt, för imorgon har vi prov i franska. Jag hör av mig till dem imorgon, efter skolan. Då skriver jag ett mail."

Jag inser att jag är som en hundvalp, och har alltid varit sån, en ivrig hundvalp, som viftar på svansen lite för ofta, och jag viftar säkert ner saker i min väg; jag är som en hundvalp som hoppar upp på folk jag inte känner, som slickar dem i ansiktet lite för mycket, lite för länge. Och vem tycker egentligen om att bli slickad i ansiktet av en främmande hund? Hon är ingen hundvalp. Hon är mer som en katt, som inte låter sig påverkas av smicker, som säger nej när det krävs, men även ja när hon vill, och hon gör saker i sin egen takt. Av mina barn lär jag mig massor.

HAR DU HÖRT DET SENASTE?

"Hörde du att hon är sjukskriven? Ja, hon har varit sjukskriven jättelänge nu ... få se ... jo, hon blev nog det för ett halvår sen ungefär, tror jag. Jorå, så att eh ... Nä, jag har inte ringt, det har jag inte. Har du? Nähä ... Nä, jag vet inte vad jag ska säga till'na riktigt. Du vet, allt det där med psykisk sjukdom och sånt, det är ju svårt sånt där, eller hur, lite riskabelt, för man vet ju aldrig vad de kan ta sig för. Hennes mamma tog ju livet av sig, det vet du väl. Nähä, kände du inte till det? Det trodde jag alla visste. Jorå, visst ser'u. Så är det. Och sånt vet man ju är ärftligt sånt där med självmord och sånt. Jorå vettu, hon är ju konstnärlig och så, det är hon, det fattar till och med jag. De brukar väl vara det, de där, de som är lite känslosamma. Lite djupa och så, lite udda och speciella. Inte min stil alls inte. Mamman hennes var det också, ser'u, konstnärlig. Och känslig. Ja, det är ju synd om'na, det är det. Visst är det så. Nä, det är bäst att låta'na va ifred."

JAG SKOJAR MEST HELA TIDEN

Vi diskuterade självkänsla, hon och jag. Hon sa, att nog hade hennes mamma ganska bra självkänsla trots allt eftersom hon var medveten om den; ständigt skojade hon om den och liksom påpekade den dåliga självkänslan, om hur den hade tagit sig uttryck, och se sen hur tokigt det hela blev.

Jag sa, att jag inte höll med, att detta nog inte berodde på bra självkänsla, för jag är nämligen likadan, att jag skojar om mig själv inför andra och låter därmed alla skratta åt mina tillkortakommanden. Med andra ord gör jag narr av mig själv, förminskar mig själv, tar mig inte på allvar, och detta gör jag till följd av min dåliga självkänsla.

Medveten om självkänslan är jag, visst, men dålig och knapp är den likafullt. Men humor har jag, och kanske den kommer ur den dåliga självkänslan, utvecklad, formad och närd av saknaden av den. På så sätt har jag att tacka för dess icke-existens då jag genom livet har fått många att skratta. På min bekostnad. Men det gör inte så mycket. Det bjuder jag på.

ATT GÖRA EN SAK I TAGET

Jag minns när jag i mitten av åttiotalet bodde i en liten etta på drygt tjugo kvadratmeter och skulle dammsuga. Då gick proppen, direkt, eftersom jag hade stereon på samtidigt. Varför skulle jag ha musik på när jag dammsög? Jag hörde ändå ingenting för dammsugaren. Nåväl, detta utspelade sig när jag var ung, när vi fortfarande ringde till varandra från hemtelefonen, när en telefon utan skarvsladd var otänkbart; när vi hade mynt på fickan ifall vi ville ringa någon när vi var ute, och när elskrivmaskiner var high tech och ingenting varje hushåll hade, nej, nej. Själv skrev jag på min farfars skrivmaskin som hade mer än trettio år på nacken.

Men så en dag dök mannen i mitt liv upp, ägandes en bärbar dator, en PowerBook 4/40 som alltså rymde hela fyrtio megabyte vilket motsvarar ungefär tio mp3-filer. Skärmen var svartvit och vi hade inget internet vilket måste vara svårt att förstå för unga människor idag, men så var det, då. Denna Macintosh hade kostat honom 22 000 kronor, en hisnande summa pengar som endast ett banklån kunde lösa i början av nittiotalet.

Jag tog så smått emot den nya världen som stormande kom emot oss; jag började skriva mina uppsatser på min mans dator och sparade ner dem på disketter. Och när det ryktades att Jan Guillou hade köpt upp alla färgband, föll jag till föga och ställde min farfars gamla Remington Quiet-Riter i bokhyllan där den står kvar än idag tillsammans med kobratelefonen som en gång i tiden ägdes av statliga Televerket. Där står de, likt två reliker, och påminner mig om svunna tider fulla med minnen som format mig till den jag är idag.

Jag är inte sämre än någon annan

"Du är inte sämre än någon annan."

Han som sa detta till mig var den dåvarande pojkvännen till min dåvarande bästa vän. Det var samma sommar som min mamma hastigt lämnat oss, och bästa vännen och hennes pojkvän hade tagit mig med på en dagsutflykt med picknick på en varm klippa invid havet i ett försök att skingra mina tankar. Det var en sådan där dag som nästan kändes magisk, en sådan där dag när jag kände mig omhändertagen och omgiven av vänner.

Du är inte sämre än någon annan … Jag minns när han sa det, jag minns exakt hur vi satt på en filt som min bästa vän omsorgsfullt hade packat ner tillsammans med all mat, dryck, bestick och glas. Jag minns hur han tittade på mig, som om han verkligen menade det han sa, och jag minns hur jag lite omtöcknat tog emot hans budskap, omtöcknat och något oförberett, som om jag egentligen inte hade velat höra det han sa. Hans replik var så direkt, så skarp, så nära och personlig att den sved till och gjorde ont. Det var som om han hade sett någonting som jag själv var omedveten om och därmed inte hade noterat; som om han under vår för stunden halvlånga vänskap, hade registrerat saker hos mig som behövde korrigeras genom att muntligen förmedla att jag faktiskt inte var sämre än någon annan; som om han hade sett avsaknaden av självkänsla och ville rätta till det för att han kanske tänkte att det gick, att jag inte var ett omöjligt fall, för han hade förstått att jag inte var så dum och korkad som jag själv ville framställa mig när jag ursäktade mig för mina fel och brister, som vore det min enda verklighet.

Jag undrar vad som hände med honom. Det tog slut mellan dem, min bästa vän och honom, och jag återsåg honom aldrig mer, men hans replik ligger fortfarande som en varm och vänskaplig sjal kring mina axlar, som en kram, ett stöd, och det kanske inte är förrän nu – tjugotre år senare – som jag tänker applicera de orden på mig själv, för jag är verkligen inte sämre än någon annan. Jag vet det nu. Men att sedan leva efter den devisen är svårare sagt än gjort eftersom jag under hela mitt liv har bett om ursäkt för den jag är, och jag inser i skrivande stund att det låter helt absurt att jag ber om ursäkt. Hur patetisk får man egentligen vara? Varför ska jag be om ursäkt? För vadå? Jag har väl inte gjort någon något?

Min bästa kompis, som var ihop med denna trevliga yngling när detta inträffade, lärde jag känna när vi gick i sjuan. Högstadieskolan var stor och gigantisk, nästan lite skrämmande, utan hemklassrum, utan bänkar med lock där vi tidigare hade förvarat våra böcker. Istället fick vi kvittera ut varsin nyckel till ett plåtskåp, och hade man otur, som jag, fick man ett skåp längst ner, så pass långt ner att man var tvungen att stå på huk för att kunna öppna det och lägga in böckerna som gick i arv från en årskull till nästa. Jag minns hur några killar skrattade och sa att mina lår var tjocka när jag satt på huk. Detta tyckte de var så roligt att de sa det vid flera tillfällen, så pass många gånger att jag knappt vågade gå till mitt skåp. Förlåt för att jag har tjocka lår. Det är inte meningen att göra er upprörda. Nej, självklart sa jag aldrig så till dem. Istället vände jag deras glåpord mot mig själv och tyckte att jag var ful och tjock, något en vän till familjen en gång hade halvviskat så att jag hörde varenda konsonant, varenda vokal. Det var sommaren innan jag skulle börja skolan, och hennes barn var jämnåriga med mig. Vi lekte tillsammans och hade roligt medan hon – som var mor till barnen jag lekte med – drack kaffe med de vuxna en bit bort. Solen sken och det var en sådan där fin sommardag som nästan förväntar av oss att vi ska vara utomhus och ta vara på den, något vi också gjorde. De vuxna satt på trädgårdsstolarna och drack kaffe ur tunna kaffekoppar och pratade på vuxenvis om saker som vi barn inte förstod. Men vi barn förstod vissa saker, som till exempel när hon i något slags viskande ton kommenterade till sin syster att jag var tjockare än de andra barnen. Jo, så sa hon, och den viskande tonen var så pass hög att vi barn hörde exakt vad hon sa, i alla fall jag. Så medan hon drack kaffe med de vuxna och kommenterade hur tjock jag var i jämförelse med de andra barnen – vilka var hennes egna – fortsatte jag att leka som om jag ingenting hade hört, för det är väl så vi gör, vi människor, vi biter ihop och låtsas som att allting är bra.

Långt senare, när jag hade fött barn och ammat och mina former hade hittat sin plats på min kropp, fick jag en ny kommentar av samma kvinna. Hon tittade på mig och sa glatt och uppmuntrande, "Har du gått ner i vikt? Du ser smal ut!" Men nu var jag vuxen, nu var jag mamma, och gift med en underbar man som älskade mig för den jag var. Så jag kunde inte känna någon glädje när hon precis hade påpekat hur jag såg ut, hur min kropp såg ut, fastän det var avsett som en komplimang.

KÄRLEK PÅ DISTANS

Våra barn är stora nu, och kvar i boet finns bara min man och jag.

Ut flög de, en efter en, på sina egna vingar, långt bort, till självständighetens land. Där hittade de sina egna liv, formade sina egna bon och fann sin plats på jorden.

Jag blev åter jag, mitt ursprungsjag, mitt ensamma jag som en gång fanns, som grät sig till sömns om natten. Jag blev åter hon, fastän jag inte ville. Nej, jag vill inte tillbaka, för jag trivdes så bra med vår familj, som vi en gång hade, tillsammans; jag vill åter hitta styrkan som jag hade då när jag var mamma på heltid, när barnen behövde mig, när jag var där för dem.

Jag behöver barnen, fortfarande, men jag har förstått att kärleken mellan förälder och barn är ojämlik; min kärlek till dem är större än deras kärlek till mig; den tid vi hade tillsammans som familj är den bästa tiden i *mitt* liv, men inte den bästa tiden i deras Det är så det är, och så har det alltid varit. Och mer och mer på avstånd träffar jag dem; mer och mer på distans, i korta stunder, är jag en dcl i deras liv som fortgår någon annanstans.

Och när de vill utvecklas i sin egen takt, långt bort ifrån mig, måste jag hitta en annan livlina, som får mig att må bra, som får mig att överleva.

Precis en sån

Visst vill jag vara en sån som efter jobbet ser fram emot att sätta på mig mina joggingskor för att ta en runda i parken.

Visst drömmer jag om att vara en sån som kan försörja mig på mitt skrivande eller något annat konstnärligt och inte behöva ha ett jobb, ett riktigt jobb, ett jobbigt jobb, som bryter ner mig sakta men säkert.

Och jag fantiserar om att vara en sån som efter jobbet, en fredag, när arbetsveckan är slut, går hem och lägger upp fötterna på en mjuk pall och häller upp ett glas vin för att koppla av, som en riktig vuxen.

Och jag har alltid tyckt att det ser så gott ut att dricka te ur en stor mugg; det verkar vara så trivsamt, så gemytligt, att så fort man har druckit upp sitt te, häller man på mer varmvatten på de torkade tebladen som ligger i silen eller i tekannan. Och sedan har man den stora temuggen bredvid sig, hela tiden rykande het, tills man går och lägger sig.

Men jag är inte sån. Jag ogillar att springa och gör det endast för att komma fram fortare till busshållplatsen, om jag måste, för att inte missa bussen. Och jag vet att det är få förunnat att försörja sig på sin konst, och däribland finns inte jag, det bara är så. Och vin tycker jag inte ens om, även om det låter vardagslyxigt när folk säger att de ska korka upp en flaska vin på fredagen för att fira att det äntligen är helg. Och förresten så tycker jag bättre om kaffe än om te, det vet jag, men det är något romantiskt med tedrickare som klunkar i sig av sitt heta te som står och drar i en tekanna under tehuvan.

Man är den man är, och jag är jag. Jag dricker en kopp kaffe varje morgon när jag har vaknat, inget mer. Och jag dricker kallt vatten när jag är törstig. Och jag tycker om att promenera dit jag ska, och tar så sällan bussen att jag därför inte behöver springa ikapp den. Och jag skriver när ingen ser, texter som ingen läser; jag skriver för min egen skull och ingen annans.

DAGENS TIPS

Istället för att fråga "Hur mår du?" kan du säga: "Vad kul att se dig! Vad snygg du är i håret! Fantastiskt att ses!"

Istället för att fråga "Vad gör du nu för tiden? Vad jobbar du med?" kan du säga: "Wow, vilken cool hatt!" eller "Vilken snygg klänning! Har du sytt den alldeles själv?"

Det blir enklare så, tro mig. För skrapar du lite på människan framför dig, kanske en smittsamt kletig ångest smetar ut sig även på dig om den måste blottläggas. Hon eller han jobbar säkert kvar på det där tråkiga jobbet som du ändå inte begriper dig på, ett jobb som endast är avsett för att få ihop till hyra, mat och de eviga skulderna till CSN.

Nä, ta en kaffe tillsammans, sätt er i skuggan, eller i solen om ni föredrar den, och njut av varandras sällskap, av nuet, och prata om livet, om vad ni gör på riktigt, om vad ni drömmer om.

ETT STORT JÄVLA HÅL

Sätt nu den ena foten framför den andra, så här:
Ett, två. Ett, två, tre, fyra och fem.
Så ja, duktiga människa, för du vill väl hitta hem?
Jag vet att det är svårt emellanåt,
att känna glädje och eufori.
För det mesta känns allt som skit,
som att allting är förbi.
Just nu är du där igen och irrar desperat,
och du känner dig inte alls så där kavat
som du en gång gjorde.
Det är därför du borde
rycka upp dig, ta mig fan,
för du vet att de har det mycket värre i Sudan.
Men trots det kommer mörkret hela, hela tiden
som får dig att tänka på cyaniden
som din mamma inte tog,
men oaktat det dog
för egen maskin
när hon tog sin mans insulin
tillsammans med lite vin.

Efter sig lämnade hon en ruin,
ett stort jävla hål,
som höll på att ta kål
på er som var kvar på dessa hektar som kallas jorden,
mitt i kalla Norden.
Och fastän tiden har gått
och ditt hår hunnit bli grått
har du inte mått så bra.
Men det ligger säkert i ditt DNA,
att du mår så här,
att livslusten oftast känns fjär
men att du på något vis ändå klär
i din ångest som är din arvedel
även om du helst av allt hade velat känna dig hel
och inte ett dugg likstel.
Men du klamrar dig fast
likt en hålögd gast
och blir nog kvar
i ännu några dar.

STADSMÄNNISKAN

Aha, du är en sån, tänker mina kollegor. En sån där miljövän. De nickar mot mig, som för att visa att de förstår, som för att visa att även de är det – miljömedvetna – fast inte lika mycket som jag förstås, men nästan. För visst tycker de att jag går till överdrift när jag på mötet frågar om vi kan köpa in miljömärkt tvål istället för den vi har nu; inte orkar de lyssna när jag ifrågasätter kemikaliernas berättigande, när jag förklarar att reningsverken inte kan rena vårt dricksvatten helt från allt vi häller ut i våra avlopp. De slår gärna dövörat till när jag påtalar att det har slarvats med sopsorteringen, och inte vill de lyssna när jag inför semestern berättar att jag tänker stanna hemma, att jag har slutat flyga – för miljöns skull. Vad är det för fel med hemester?

Nog tycker de att jag är konstig som på lunchen inte vill hänga med ut och käka, att jag tackar nej till att gå på restaurang med mina trevliga arbetskamrater. Men jag har matlåda med mig, mat från igår, rester från middagen, vegetariskt förstås, ekologiskt, hemlagat. Och cyklar gör jag till jobbet, med en störtkruka på huvudet, vad annars? Jorå, de förstår nog vem jag är, en sån där militant trädkramare utan körkort, en sån där grönavågare, en aktivist, en rättshaverist. Jorå, de fattar, och synar mig i sömmarna – mina hemsydda sömmar eftersom jag ofta syr mina kläder själv – och tror sig veta vem jag är. De tror att jag älskar att campa, vandra i naturen, plocka bär och svamp och klättra i berg. Men någon friluftsmänniska har jag aldrig varit. Och varje gång jag har åkt ut till landet, till riktiga landet, där kossorna råmar och gräset växer vilt, blir jag alltid allergisk och får åka akut till något sjukhus som förhoppningsvis inte ligger alltför långt bort.

Men visst har jag haft drömmar om att bo på landet, eller i alla fall lite mer lantligt än jag gör nu. Jag drömde så pass mycket om att få bo på landet att vi faktiskt provade på det, för en kort stund, min man och jag. Riktigt på landet kan jag ju inte bo eftersom jag saknar körkort. Det liksom krävs att man kan köra bil, och att man äger en sådan, när man bor på landet. Så vi hittade ett hus någonstans i Sverige med närhet till busshållplats och en Europaväg alldeles intill. Och billigt var det också, huset, i jämförelse med att köpa ett hus i en storstad.

Jag drömde om att få bo där, på landet, utan bostadslån, för att slippa jobba heltid, för att inte slita ut oss. Så tänkte vi, min man och jag, när vi kastade oss ut för att prova på livet någon annanstans än i en större stad.

Huset låg i ett litet samhälle om tvåtusen invånare, och allt fanns inom gångavstånd: mataffär, apotek, vårdcentral, bibliotek. Vi tänkte, att här kan vi bo; här kan vi andas i lugn och ro, här kan vi andas in frisk luft; här kan vi odla våra grönsaker och intressen och slippa jobba ihjäl oss. Men väl på plats förstod jag att här, på landet, på den lilla orten, körde man bil. Alla körde bil för det fanns inga cykelbanor. Man körde bil till affären fast det var gångavstånd, och man körde bil för att kunna ta sig till staden bredvid som hade ett bredare sortiment, ett större utbud. Och när jag trodde att jag bara skulle gå ut ur mitt hus för att komma direkt till naturen, till de stora öppna fälten, till den mörka sjumilaskogen, förstod jag ganska snart att jag behövde bil för att komma dit. Så utan bil, endast med hjälp av mina envisa fötter, sökte jag efter skogen och fälten genom att gå längs landsvägen. Det var med livet som insats jag gjorde det, för bilarna körde fort, fort förbi mig, tätt, tätt. Ingen vägren fanns, bara ett dike. Hon måste ju vara från stan som är ute och promenerar på landsvägen, tutade bilisterna irriterat när de passerade mig. Och om nätterna kunde jag vakna av att stora långtradare dundrade förbi vårt hus, fortare än de fick, fortare än det stod på skylten. Drömmen om landet förblev en dröm. Det var inte lika idylliskt som vi hade föreställt oss varpå vi sålde huset illa kvickt, tog vårt pick och pack och körde tillbaka till staden vi tillfälligt hade lämnat, staden med parkerna, staden med stranden.

Väl tillbaka uppskattade jag staden mer än någonsin. För här kan jag gå vart jag vill; här kan jag cykla säkert på stadens alla cykelbanor. Att kunna ta sig till olika platser utan hjälp av bil eller buss, är en frihetskänsla jag sätter stort värde på och något jag har vant mig vid efter att ha bott i en större stad i hela mitt liv. Däremot kommer jag aldrig vänja mig vid trafik, och har efter min nära-landet-upplevelse insett att trafik finns överallt. Men går jag till en park slipper jag i alla fall höra trafiken, slipper jag känna lukten av avgaser. Går jag i en park mår både kropp och själ bra för här får jag känna annat än hård asfalt under mina fotsulor, här skyddar de stora träden mig för det strilande regnet och den starka solen; här möter jag tama fåglar och vardagsmotionärer, här kan jag promenera i min egen takt. Och när som helst kan jag gå till havet och pulsa i sanden på stranden, eller bara gå ut på en av de långa bryggorna och sätta mig en stund för att titta ut över vågorna. Och om jag så vill, kan jag promenera vidare till ett kafé, eller till ett museum, eller för att se en film på en biograf. Allt finns inom gång- och cykelavstånd, och jag inser att jag är en äkta stadsmänniska som aldrig behöver ta körkort. Det enda jag behöver är sköna skor.

DRÖMMEN OM FESTEN

Ibland tänker jag att det vore fint att samla släkt och vänner, att ställa till med fest, ni vet en sån där stor fest, en riktig fest, med mat och dryck och musik i massor. Jag tänker alltid så när jag ska fylla jämnt, och nu är det snart dags, igen, och jag vet att tanken om fest brukar stanna just där, som en tanke, att det bara är en dröm, en hemlig dröm som ingen blir invigd i eller inbjuden till. Att ställa till med fest är för mig en fantasi, en chimär, ren inbillning. Men där, i fantasin, spirar lust och glädje, och jag har både ork och pengar och en extrovert sida som inte går och gömmer sig när det blir för mycket.

Vänner vilka jag har lärt känna under årens lopp, under olika delar av livet, vänner från barndomen och tonåren, vänner med vilka jag har pluggat på universitet och folkhögskola, vänner som jag har samlat på mig från olika jobb. Alla får mötas på denna stora fest, och vissa av dem tror jag skulle ha utbyte av varandra, människor som aldrig tidigare har träffats men som jag har tänkt borde gilla varandra, ha glädje av varandra. Och kanske de finner varandra, för livet, eller endast för stunden, och alla är glada och skrattar, skålar i champagne och äter av den vegetariska buffén. Och en del av mina musikaliska vänner och släktingar – vilka är ganska många – intar scenen för att spela något, kanske en cover eller något egenkomponerat, själva eller tillsammans, och vi andra lyssnar och applåderar, rör oss till musiken eller rent utav dansar. Och eftersom så många jag håller av bor väldigt långt bort, har jag självklart hyrt en stor anläggning där folk kan sova kvar, så att vi dagen efter får tillfälle att ses igen över en god och näringsrik frukost, så att vi får tillfälle att prata lite mer, lite mer intimt, lite mer djuplodat än igår när champagnen och musiken flödade för fullt. Så tänker jag, igen, nu när jag snart ska fylla jämnt.

TIDEN

Idag träffade jag en kär gammal vän som jag har känt sedan hon var fjorton och jag sjutton. Det var på Roskildefestivalen vi träffades för första gången, efter att jag glatt hinkat i mig av vinet som lätt gick att köpa i kartong, och drack förstås för mycket, kräktes, satt på huk, och var yr i huvudet när hon dök upp och frågade om jag ville ha ett tuggummi. Och sedan dess är vi vänner.

När vi ses, fortsätter vi där vi var, när vi senast sågs. Ibland kan det ha gått ett år, eller två, eftersom jag flyttade så långt bort för många år sedan. Men när vi ses, är allt som vanligt, hon fjorton, jag sjutton, fast vi egentligen är trettio år äldre.

Vi satt på ett café, jag beställde kaffe, och hon te. Hon har alltid druckit te, och jag alltid föredragit kaffe. Jag tittade på henne, och fastän alla år har gått och mycket har hänt, är vi exakt desamma som vi alltid har varit; jag såg hennes tuppkam mitt på huvudet och den smetiga kajalen runt hennes ögon. Hon var klädd i en gammal herrväst köpt på loppis, och en klädsamt lång maska över ena benet på hennes strumpbyxor som var helt i stil med hennes övriga outfit. Men så visade hon mig bilden som hon tagit på oss i smyg, en bild som till en början såg ut att föreställa två medelålders bibliotekarier, utan vare sig tuppkammar och spretigt hår eller svart kajal runt ögonen. Och jag insåg att tiden *har* gått, att den utan tvekan inte har stått still, att vi inte längre är fjorton och sjutton, eller ens tjugosju. Fast egentligen är vi både fjorton och sjutton, *och* tjugosju, och alla andra åldrar som vi har varit, för de finns där alltjämt, inuti, som årsringar i ett träd, med alla minnen och händelser som har skapat oss.

KOLTRASTENS HÄR OCH NU

Jag sitter i min trädgård och värms av solens strålar. På gräsmattan, alldeles nära, hoppar en koltrast omkring och tuggar i sig av maten han finner i gräset helt ovetandes om att det är *mitt* gräs, *min* gräsmatta, *min* mark som jag har köpt, som jag äger. Men han förstår inte det utan flyger iväg några meter och sätter sig på staketet mot grannen, lyfter på sin stjärt helt ogenerat och bajsar för att sedan flyga vidare till någon annans gräsmatta för att äta sig mätt.

Vad jag avundas fåglarna, som inte har någon aning om hur det är att leva i ett kapitalistsamhälle, som inte har någon aning om hur det är att leva med en sådan stor hjärna som vi människor har. Inte oroar sig koltrasten för vad som komma skall, inte oroar sig koltrasten över framtiden, över höjda bostadsräntor, växande sopberg och fattigdom, miljöförstöring och allas lika rättigheter. Koltrasten funderar inte ens över sin barndom, över prestige eller sin plats i hierarkin. Koltrasten bara är, här och nu, äter en mask, lyfter på sin stjärt, bajsar och flyger iväg.

Snart är vi döda

Vi har känt varann länge,
sen vi var unga,
naiva och dumma.
Och nu är vi här,
fyrtio år senare,
femtiofem år gamla,
med begynnande kalkonhals
och sprött, grått hår.
Hon färgar sitt,
jag låter mitt va.
Hon säger, "Livet för fan, det håller på att ta slut!"
Jag svarar, "Ja, äntligen. Orkar fan inte längre."
Hon säger, "Livet, livet! Jag måste få leva mer, innan jag dör!"
Jag svarar, "Nä, usch, det orkar inte jag. Låt det bara ta slut."
Hon säger,
"Jo, livet! Jag måste tillbaka till livet
såsom det var förut,
innan jag blev med villa, Volvo, vovve.
Nu har jag provat på det,
kanske lite för länge,

och det är inget liv för mig;
det är inget liv alls.
För jag måste få leva, känna på riktigt.
Jag vill träffa nya människor,
kanske en ny karl,
eller varför inte flera?
Jag vill upptäcka, uppleva, ja, LEVA
och inte långsamt kvävas
av alla måsten och jobbet.
Det får vara slut på det nu.
Jag har jobbat klart,
tagit ansvar, varit duktig.
Jag vet att mitt liv finns där ute,
inom räckhåll.
Och barnen är stora,
de klarar sig själva.
Så vad fan gör jag fortfarande här?
Jag måste säga upp mig,
lämna min man,
dra, långt bort härifrån,
tillbaka till mig själv.
För snart är vi döda."

EN HELT VANLIG EXTROVERT-WANNABE

Jag är extrovert i smyg, när ingen ser,
när ingen märker att jag ler.
Jag vill så gärna stå i centrum, synas, höras, hålla låda.
Det vill vi båda, fast inte hon den inåtvända,
hon som viskar för att inte störa en enda.
Men hemma kan extroverten showa i sitt kök,
bland massor av disk, mitt i allt stök.
Maken ser min extroverta sida,
tycker jag är duktig på att sprida glädje, gamman och fröjd,
och jag känner mig genast ganska nöjd
samtidigt som jag blivit röjd,
jag menar, vem tror jag att jag är – extraordinär? –
när jag håller på så där?
Nä, bliv vid din läst, kära tattare,
och sluta upp att fantisera om att bli författare,
för visst drömmer du om att skriva,
bli publicerad, rentav en diva
som visas upp på mässan i Göteborg, men kära Tessan,

det kommer aldrig att hända,
för detta står inte på din agenda.
Nä, bliv vid din läst,
där passar du bäst, för vad skulle hända härnäst
om du hamnade på Babel eller i soffan i morgonteve
bredvid Leif GW?
Du skulle bara stamma efter din döda mamma,
och inte kunna sluta gråta.
Och efter det skulle du dig själv aldrig förlåta
som hamnat i strålkastarljuset,
för du trivs ju allra bäst ensam hemma i huset
med huvudet fullt av drömmar, tankar & planer,
och inte som turist på en gata i Tokyo full av japaner.
Nä, hemma är ändå ditt val. Där kan du virka en sjal
och vara hur banal du vill.
För ingen vet var du är, vem du är eller vart du tagit vägen.
Ingen bryr sig, för detta är bara en sägen
om en introvert extrovert-wannabe som hindrades att leva
fullt ut, då hon var alldeles för förlägen.

GLAS

Tänk att jag är så förbannat rädd för glas. Ja, inte dricksglas, utan glas som man skär sig på, glassplitter som ligger på golvet, små förrädiska och väldigt onda små, små glasbitar. Dem är jag livrädd för. Dem mår jag näst intill dåligt av.

Häromdagen tappade en vän till mig en vas i golvet, en vas gjord av glas. Och självklart var vasen inte tom, utan full med vatten och blommor. Krasch! Pang! Jag såg det hända. Hon kände att det hände, hur vasen gled ur hennes händer. Och plötsligt var golvet blött, och i det blöta låg de där förrädiska glasbitarna, små och stora, huller om buller, alla lika vassa.

Vi böjde oss ner och plockade upp de stora och hanterliga glasbitarna, och sen fokuserade vi oss på de små och pyttesmå. Vattnet låg alltjämt kvar, och inte förrän vi nästan var säkra på att de små förrädiska var bortplockade, vågade vi ta trasan och torka. Men ska man våga vrida ur trasan, med tanke på de små förrädiska?

Att jag har sådan respekt, och känner sådan skräck, för små glasbitar, beror på att min mamma drack vin. Dricker man mycket vin ofta, händer det ibland att man tappar ett glas, eller en flaska. Dricker man mycket vin ofta, händer det att man inte lyckas plocka bort de där små läskiga, själva splittret, för de är så små att det onyktra ögat inte kan uppfatta dem. Kvar ligger de, på golvet, i mattan, under stolen, i fåtöljen, fast i vinets sötma.

Min bror var liten, så pass liten att han kröp, och mamma somnade i soffan efter att ha druckit vin. Så medan hon sov och den överfulla askkoppen aldrig tycktes sluta ryka, kröp min lillebror omkring på de små glasbitarna. Själv hade jag glasbitar i strumporna, som sedan borrade sig in i fötterna och följde med under hela promenaden till stan.

Jag hatade dem. De var överallt, och det kändes som om jag inte kunde skydda mig för dem, som om jag inte ens kunde skydda min oskyldiga bror. Och kvar sitter känslan, och skräcken, för krossat glas, och jag misstänker att jag alltid kommer att känna så.

DEN PÅGÅENDE RESAN

Livet, det bara pågår, för fullt, hela tiden,
oupphörligen, oavbrutet, ideligen.
Lite som att sitta på ett tåg, som fort far fram.
Och vi har fått lära oss, att det inte är målet,
utan resan, som är det viktiga.

Så jag deltar, jag närvarar,
interagerar och tar en kaka till.
För även de dagar, de timmar och minuter,
när det känns som om tiden står still,
när det råder stiltje och ibland tristess
med en smak av den berömda meningslösheten,
fortgår det – livet – i ett rasande tempo,
draget av lokomotivet, i ett konstant flöde,
och stannar inte förrän det är dags att kliva av.

NÄR DET BLIR PANNKAKA AV ALLTIHOP

Min mamma gräddade pannkakor regelbundet på spisen utan någon spisfläkt, för det hade man inte på den tiden, inte i min värld i alla fall. Köksfönstret stod öppet, ett stort fönster som man öppnade inåt. Allt som stod på fönsterbrädan ställdes på köksbordet för att fönstret skulle kunna öppnas. Ingen hasp fanns på fönstret, så minsta vindpust kunde öppna det helt och fullt.

Mamma lärde mig att vispa ihop smeten och vända på pannkakorna. De första blev alltid bleka och kladdiga, fastnade lätt i pannan och var inte lika goda som pannkakorna med färg och stekyta.

Vi hade även en plättlagg som vi gräddade plättar i, och ett våffeljärn, men det senare var svårt att använda. Det tunga våffeljärnet av gjutjärn som man la på spisplattan, skulle man vända på när smeten som låg däri hade fått lagom stekyta nertill. Då osade det rejält, och fönstret stod öppet, på vid gavel.

Likaså min farmor gräddade pannkakor, men med åren föredrog hon att göra pannkakan i ugn. Ja, hon föredrog att laga all mat i ugn, något hon lärt sig senare i livet och tyckte var smidigare, och kanske även lite nyttigare.

Min pappas fru gräddade också pannkakor, men hon sa att det var plättar, för så sa man där hon kom ifrån, långt upp i Norrland. Hur många gånger jag än protesterade och sa att det hon gjorde var pannkakor, kallade hon dem alltjämt för plättar.

Alla dessa tre kvinnor som gödde mig med pannkakor på både bredden och tvären, lät mig delta i köket just när de gräddade pannkakor. De lät mig vispa ihop smeten, en smet jag vispat ihop så många gånger att jag inte kan räkna dem alla; de lät mig hälla i den och låta den stelna för att sedan vända med stekspaden. Och visst fortsatte jag med pannkakeriet när jag blivit stor. Det var den enda rätt jag kunde tillreda utan recept, för det blev ändå bara pannkaka av allihop så att säga.

När jag för trettio år sedan träffade min man för första gången och snabbt därpå bildade familj – ungefär lika snabbt som jag kan vispa ihop en pannkakssmet – gräddade jag pannkakor till middag eftersom det var den enda rätt jag briljerade med. Men han tyckte inte att pannkaka var mat. Han tyckte att det var efterrätt. Vi gav upp att träta och lät oss vara eniga om att vi tyckte olika, precis som att min pappas fru kallade dem för plättar.

Till våra barn gräddade jag pannkakor i tid och otid. Äppelmos på var bäst. Men även lingonsylt eller ostskivor. Jag gjorde crêpes av pannkakorna, och pannkakstårta, precis som min mamma hade gjort åt mig på mina födelsedagar. Jag gjorde min farmors ugnspannkaka, ibland med fetaost i, eller rivna morötter. Och jag gräddade plättar – de små plättarna – i plättlaggen jag kände mig nödd att införskaffa. Jag gräddade så klart även våfflor efter att ha fått ett elektriskt våffeljärn när jag flyttat hemifrån. Det senast nämnda var det mest sociala. För då kunde jag grädda våfflor sittandes vid bordet och langa ut en nygräddad våffla till mina familjemedlemmar och mig själv.

Åren gick, jag närmade mig fyrtio, och jag besökte läkaren för att jag inte mådde riktigt bra. Självklart hade jag gått med denna åkomma i flera år, som man gör för att man vänjer sig och inte vill störa en läkare i onödan med sin hypokondri, men till slut kontaktade jag vårdcentralen. Det visade sig att jag hade glutenintolerans, eller celiaki som det heter, och tvärt slutade jag med mina pannkakor av alla de slag. Visst försökte jag göra pannkakor på bovetemjöl och annat glutenfritt alternativ, men det blev inte samma sak. Barnen blev stora, och mannen ville ändå inte äta pannkakor till middag, samtidigt som tidens melodi låg någon annanstans än i vetemjölets och pannkakans land. För jorden är som bekant inte platt som en pannkaka, utan mer rund, som en kroppkaka.

JORDEN OCH JAG

Det kanske är med jorden som med oss människor. Att det tar tid att läka. Det kanske är så vi ska tänka, att även jorden är utbränd, precis som jag, precis som du, som många med oss. Jag blev sjukskriven, skulle ta hand om mig, skulle vila. Men det var länge sedan nu, och inte är jag densamma som jag var innan jag brände ut mig, tog av resurser jag ej hade, stormade in i väggar, sprang istället för att gå. Det kommer att ta lång tid, har jag förstått nu, att bli kry, att bli stabil, att klara av vardagen, att klara av livet. Men jag är på god väg att förstå hur jag ska göra för att må bättre, på ett mer långsiktigt vis. Och det är så vi måste göra med vårt sätt att leva på vår jord: Vi måste ta hand om jorden, låta den vila; vi måste göra ändringar, göra allt mer hållbart, för jordens skull, för vattnets skull, för djuren och naturens skull. För vår skull.

ÄR DET SÅ?

Är det som så, att när ålderdomen kommer, om den kommer, om man får leva frisk för det mesta och skratta en stund till, att den blir som kvällen efter den långa dagen, som kvällen när man är trött, som kvällen när man blickar tillbaka över dagen som gått, och känner att man har gjort en massa saker, diskat, ätit, längtat och oroats, och att det nu är okej att gå och lägga sig?

Är det som så, att ålderdomen är livets höst, att man då får ta in trädgårdsmöblerna och dra sig undan, att man får stänga dörren om sig, att man äntligen får vara i fred efter sommarens alla sociala aktiviteter, för att kylan är på väg, för att solen har slutat sticka i ögonen?

Är det så?

NEJ DÅ, JAG ÄR INTE ENSAM,
DET BARA KÄNNS SÅ IBLAND

Ibland känner jag mig så ensam, så ensam.

"Men det är skillnad på ensam och själv", säger min man. "Och du tycker ju om att vara ensam och göra saker själv."

Jo, men ... visst är det så. Jag vill alltså både äta kakan, och ha den kvar. Och jag måste medge att jag ibland njuter av ensamheten, som när jag får krypa upp i soffan under en filt och titta på en bra serie eller film. Då vill jag absolut inte bli störd. Eller när jag har varit social en hel dag, träffat släkt och vänner, varit bortrest, haft besök, varit ute bland folk, gått på konsert, varit i farten och väldigt aktiv – då stänger jag gärna dörren och drar ner rullgardinen för återhämtning vilket så klart sker bäst i min ensamhet.

När jag besöker min gamla hemstad då och då för att träffa mina vänner, berättar de för mig att de sällan träffar våra gemensamma vänner, och inte alls som jag tänker mig när jag på avstånd ser dem framför mig, hängandes på vårt gamla stamställe dit banden kommer och spelar var och varannan kväll. Så fastän mina vänner bor i samma stad, ses de inte varje dag, som jag tror, för precis som med alla andra städer består denna stad inte bara av en enda gata med ett enda bostadshus där alla jag känner bor, är goda grannar, ses i tvättstugan och äter spontana middagar ihop. Nej, mina vänner bor utspridda över hela stan, och de går till jobbet varje dag, vill hinna med ett yogapass efter jobbet, förhör barnen på glosorna före läggdags, och möter sällan någon de känner ens när de handlar mat. Jo, kanske ibland, men oftast inte.

Så här sitter jag, i min ensamhet, fast jag innerst inne vet att jag inte är ensam. Jag har många runt omkring mig, både här och där, både släkt och vänner, de flesta endast ett telefon-samtal bort.

Jag gräver där jag står, för att förstå

Det är mitt under pandemin, och på radion meddelar de att min gamla hemstad har fått skärpta allmänna råd angående den stora ökningen av covid-19. Och precis som många andra, förundras jag över alla regler, i synnerhet när det drabbar musiker och andra artister, vilka bara får ha en publik bestående av några få samtidigt som hundratals människor, jag förmodligen fler, trängs på Ullared – ja, ni vet vad jag menar.

Och mitt i allt detta, i denna pandemi som vi alla drabbas av på det ena eller andra sättet, tänker jag på min farmor. Hon och de som levde samtidigt som hon, genomlevde två världskrig, om än på behörigt avstånd. Det första av dem började när min farmor var åtta år. Matbrist rådde, så för att bli mätt, eller för att åtminstone låtsas känna sig mätt, fick hon lära sig att tugga trettio gånger för varje tugga. Det fortsatte hon med hela livet, tuggade och tuggade.

Senare, under det andra världskriget, bodde hon på den småländska landsbygden med sin familj. Både hon och farfar var lärare, så de bodde ofta i lärarbostaden. Men under den kalla vintern 1942, när farfar låg i beredskap tillsammans med andra folkskollärare och pappor och makar som längtade hem till sina nära och kära, var farmor gravid och ensam i bostaden tillsammans med deras femåriga dotter. Så en natt, när farfar huttrade sig till sömns i ett militärtält, gick fostervattnet, men ingen barnmorska fanns till hands, varpå farmor födde sitt barn på kökssoffan, alldeles själv.

Och farfar blev sjuk, fick hjärnhinneinflammation av militärlivet, vilket gav honom en permanent halvsidesförlamning i ansiktet. Men de klarade av allt detta. De höll ihop. De höll ut. Krigen tog slut. Jag vet inte varför jag skrev allt detta nu, men se, det gjorde jag ändå. Jag gräver alltid där jag står, för att förstå.

GAMMERN, DEN JÄVELN

Gammern, den jäveln, närmar sig vill jag lova.

Men kanske det är en gåva,

att få bli gammal som gatan.

Men för i Satan,

jag är ju rädd,

och inte ett dugg jävla förberedd.

För redan nu kan jag ana vad som komma skall,

och nog fan är det ett förfall

som heter duga,

annars hade jag farit med osanning, och jag är usel på att

ljuga.

Så vad ska jag göra,

när jag plötsligt inte kan höra,

när mina ögon inte längre ser, och jag en rullator måste köra?

Jag vet ärligt talat inte om jag vill komma dit,

till ett liv i hjälplöshet, som en döv eremit.

Och tänk om jag går rätt in i en tjock dimma,
där jag inte kan förnimma ett endaste jota,
som ingen doktor kan bota.

Ja, det är mycket som jag befarar,
som jag inte tror att jag klarar.
Mina barn vill jag definitivt befria;
jag vill inte vara deras börda.
Kanske jag kan bjuda dem ibland på pizzeria
så de får annat att tänka på än att vilja mörda
den gaggiga gamlingen varje lördag.
Ja, det blir ett helt annat liv om jag kommer dithän,
och detta är ändå bara ett narrativ,
uppdiktat utan att vara särskilt mondän,
av en person som är depressiv
och som grubblar en hel del.
Men tänk om jag har fel.

DEN GAMLA OCH BARNEN

Det fanns en tid när jag var hon som klarade av saker – jag pluggade och jobbade, jag reste och jag flyttade; jag kastade mig in på okänd mark utan några problem, och jag hoppade av när jag ville vidare. Ja, det fanns en tid när jag klarade av i princip allt. Visst, jag var yngre då, vi var alla yngre då, liksom mina barn som var barn, och jag deras orädda unga mamma. De är fortfarande mina barn, och jag är fortfarande deras mamma, men våra roller är inte desamma som de var då, när de växte upp, när de var barn, och konstigt hade varit om så vore. Nu är de vuxna, nu är det de som lever så där som jag levde förr när jag hade orken, när jag hade nyfikenheten och drivkraften.

Jag har blivit hon som en gång levde, hon som en gång var ung och någorlunda vacker, som hade tjockt mörkt hår, huvudet fullt av planer och magen full av pirr. Jag är inte längre hon, och jag är inte längre mamman med de små barnen, mamman som behövs, mamman som torkar tårar och plåstrar om, mamman som lär sina barn att cykla, mamman som läser en saga efter att ha borstat de små mjölktänderna, mamman som följer med sina barn till skolan och som sakta men säkert gör dem mer självständiga, låter dem gå före medan jag går på behörigt avstånd strax bakom, för att sedan vinka av dem när de kommit fram till skolgården.

De klarar sig själva nu sedan många år; de klarar sig utan mamman med livserfarenheterna och paketet med plåster, för de har levt så länge själva att de vet. Och även om jag ibland tror att jag vet mer än de, får jag bita mig i tungan. Men ibland måste jag ändå berätta, för att skydda dem från faror, för jag vet ju var farorna lurar, jag vet ju att farorna finns. De tittar ner på mig, på sin mamma, för de är längre än jag, och ler mot mig, antagligen för att jag redan har berättat det för dem förut. Ja, allt jag berättar har jag berättat förut, ja, så har det blivit. Inget är nytt när det gäller mig, allt är gammalt. Precis som jag. Och den känslan är ny för mig – att jag är den gamla, hon med de gamla erfarenheterna, hon med de gamla historierna som redan är berättade. Denna nya fas i livet, gör att jag inte längre vet min plats. Vem är jag? Hur ofta vill mina vuxna barn egentligen träffa sin gamla tjatiga mamma? Träffar de mig av gammal vana, för att vi alltid har träffats, för att vi fortsätter att ses?

Träffar de mig för min skull, för att göra mig glad? För helt ärligt – jag vet inte ens om jag själv hade velat umgås med mig, så tråkig har jag blivit.

Men så pratade jag med mina vänner om detta, vänner som själva är mammor till numera vuxna barn, mammor till vuxna människor, och de sa det där självklara, det mest uppenbara, det där som jag hade glömt bort för att jag är så upptagen med att sörja det som varit. Och det är att vi föräldrar alltid finns där för våra barn, och att de vet om det. De kan alltid lita på oss, fast vi är tjatiga, dammiga, töntiga och inte hänger med i tidens snabba växlingar. Händer något mina barn, finns jag där, ja, åtminstone så länge jag lever. Händer något dem, vet de att de kan ringa eller komma hit, oavsett tid på dygnet. Inga problem är för små, eller för stora. Vi kan lösa dem, tillsammans. Ingenting är pinsamt – jag värderar inte, dömer inte – för jag har varit människa så pass länge att jag med största sannolikhet råkat ut för det de kanske kommer att råka ut för.

Jag finns här för dem, mina älskade ungar. Men nu ska jag ringa en god vän och prata om det glada åttiotalet, om hårfärg som bara gick att köpa i London så att man fick skicka med pengar – och då menar jag cash, alltså riktiga kontanter – till den som hade råd att åka dit; om leran som växte av regnet på Roskildefestivalen, om interrail-resorna som inte krävde några förbokade sittplatsbiljetter, om studielån som var så fördelaktigt att ta att det var dumt att inte plugga, om livet och döden och allt däremellan. Sen ska jag måla en vägg med äggoljetempera. Ja, ni ser, jag sitter inte bara och väntar på att barnen ska ringa, på att barnen ska behöva mig. Jag har annat för mig, också.

ÅH, TACK! MEN NEJ TACK!

"Kom vetja! Kom! Det blir mat! Och musik!"

Jag tjusas för en sekund, smittas av hans entusiasm, men kryper in i mitt skal och drar en vit lögn om något jag ska göra, en vän som jag ska träffa, gäster jag ska ta emot, måsten som ska göras, löften som har lovats. Men åh, säger jag, innerligt och ärligt. Så trevligt det hade varit att komma på er fest, att få sitta i er trädgård, lyssna på orkestern och äta av maten.

Jag ljuger inte alls, det hade varit kul, för de är ju så himla rara, familjen med festen. Men det är inte bara de som är där, för de har bjudit hem många, ja, alla sina vänner, folk jag inte känner. Då dras skalet på; det är då jag säger nej. För jag är introvert, skyr folk, stök och fester. En eller två går an när jag bjuder hem gäster. Små grupper om två, max tre. Inte fler. Inte mer. Det är sen gammalt.

LITE SOM LIVET

När vi köpte vårt hus för många, många år sedan, fick vi höra,
"Va? Men ni är väl inga husmänniskor", vilket jag tolkade som
att vi – i andras ögon – inte var intresserade av trädgårdsarbete,
att vi inte gillade att vara ute i solen och att vi inte brann för att
renovera hus. Men vi köpte huset trots att vi inte kunde
någonting, fast vi inte kände till de latinska, ej heller de svenska,
namnen på alla blommor, träd och buskar som finns i den
svenska floran. Och jag kan fortfarande inte namnen på allt
som växer i vår trädgård, för jag har aldrig behövt lära mig det.
Den sköter sig själv – vår trädgård – och den har lärt mig att
slappna av, att släppa allt, för en trädgård lever sitt eget liv på
något sätt, den bestämmer själv i vilken riktning den vill gå, så
det är inte lönt för mig att jaga den eller ens göra den färdig.
För den blir aldrig färdig. Den blir aldrig klar. Lite som livet.

SUMMAN AV TANTERNA ÄR KONSTANT

Tiden går. Och när man minst anar det, är man tant. Om det pratade jag med en nära och kär vän igår, vi som känt varandra hela livet, sedan hon föddes. Jag berättade för henne hur jag kände mig när jag skulle uppvakta vår dotter när hon fyllde tjugosex. Uppför alla trappor gick jag, till fjärde våningen, och dagen till ära hade jag klätt upp mig eftersom man inte går hem till sina barn i pyjamas även om det är favoritplagget. Istället bar jag en skotskrutig ullkjol med sedvanlig säkerhetsnål som skulle ha varit hur snygg och punkig som helst när jag var ung. Men kjolen som nu satt på min femtiofemåriga kropp och spände lite över magen, signalerade ingenting coolt alls utan bara tant. Med mitt kortklippta hår som inte längre är svart utan gråspräckligt, och mina progressiva glasögon som jag dessvärre inte klarar mig utan, kände jag mig som en äldre kvinna vi en gång kände för länge sen, när vi var barn. Hon bodde på landet i ett dragigt gammalt hus, bar alltid förkläde när hon var hemma, höll igång elden i vedspisen i köket så att det aldrig blev kallt, och ställde fram mat till katterna när de kom in. Det var förr i tiden, skralt med pengar, kalops till middag och hemkokt saft. Hon bodde tillsammans med sin man som mest höll till i skogen bakom huset, och tillsammans hade de uppfostrat andras ungar med handfasta regler och stor kontroll.

Jag minns en gång när jag fick åka med dem till stan. Han körde, och hon satt bredvid, och det hade hunnit bli mörkt och kallt denna kväll i oktober. Hon vevade vant ner fönsterrutan och stack ut halva sin överkropp för att spruta vatten på framrutan med hjälp av en gammal ketchupflaska medan hennes man tacksamt satte på vindrutetorkaren för att få bättre sikt. Och i december varje år, körde de med sin bil hem till mamma och mig för ge oss en gran som kom från deras skog. De stannade aldrig länge, hade bara tid att ta en kopp kaffe för att sedan åka tillbaka till skogen där de bodde innan det blev för mörkt.

Och nu, när vi gick hem till vår dotter, kände jag mig som hon. Min man och jag hade tagit med oss vår katt eftersom vår dotter tycker om henne. Så uppför de fyra våningsplanen kånkade jag med mig katt i bur och en bättre begagnad papperspåse med några garnnystan, närproducerad honung, ekologisk choklad, fin olivolja och ett presentkort till den lokala garnaffären. Och på något märkligt sätt blev jag hon som jag en gång kände, fast utan förkläde. Min vän förstod precis vad jag menade; hon förstod precis vad jag kände. Hon till och med ropade ut kvinnans namn när jag närmade mig slutet av min berättelse, precis när jag skulle avslöja vem jag kände mig som. Vi är varandras livsvittnen, min barndomsvän och jag, och kommer att finnas i varandras liv så länge vi lever. Det känns tryggt, för att vara på den här resan som kallas livet, kan vara nog så omtumlande stundtals. Vi sitter i samma båt, hon och jag, och delar erfarenheter och upplevelser som vi dryftar när vi stöter på dem under resans gång. För aldrig tidigare har vi varit så här gamla. Unga har vi varit, unga och odödliga med svart kajal runt ögonen, men aldrig hade jag väl trott att jag skulle känna mig som kvinnan som var gammal när vi var barn.

UTAN MINA MINNEN BLIR JAG INGEN

Vi är olika, min man och jag. Vi tänker olika, vi känner olika, och saknar olika. När han saknar en knapp i en skjorta, saknar jag min farmor. Hon var min bästa vän, min bundsförvant, min trygghet, och jag minns hur jag tänkte när jag var ung och hon gammal, att det var synd att vi var födda med sextiotvå års mellanrum, för det kunde bara sluta på ett sätt – att hon skulle dö före mig. Och jag minns hur jag som barn fascinerat lyssnade till hennes berättelser från hennes barndom i början av nittonhundratalet, om hur hon växte upp med sin familj i en liten stad norr om Dalälven, om hur bra hon trivdes i sin skola, i sin klass, om hur de bodde i komministerbostaden mitt i stan som låg alldeles invid kyrkan där henne pappa höll så långa predikningar att han ibland svimmade på grund av sitt låga blodsocker. Och sen hur de abrupt flyttade därifrån, från hennes bästa vänner, från hennes okomplicerade liv i stan där hon hade nära till allt, till en prästgård långt bort i obygden för att hennes pappa hade avancerat och fått tjänst som kyrkoherde. Väl på plats fick hon snabbt lära sig att hon inte fick leka med barnen som bodde där. Hon fick inte ens hälsa på dem, för hon var tydligare finare än de och skulle därmed inte gå i folkskolan på landet utan blev inackorderad hos en främmande dam i stan flera mil därifrån. Där började hon på en flickskola som kostade pengar, och endast på loven träffade hon sina föräldrar. I den förnäma flickskolan i staden långt bort, ansågs hon vara så fruktansvärt omusikalisk att hon blev befriad från sånglektionerna vilket var en sorg för henne. Så istället för att vara i skolan, omgiven av sina klasskamrater, drog hon ensam omkring i den främmande staden och klankade ner på sig själv som inte kunde sjunga.

Ja, hon berättade mycket för mig, min farmor, både i ord och bilder. Jag glömmer aldrig det stora albumet som jag knappt kunde lyfta för att det var så tungt. Däri satt fotografier på släktingar som sedan länge varit döda, släktingar som hade levt på artonhundratalet, människor med stela ansiktsuttryck iklädda lika stela kläder, höga hattar och hårt knutna snörliv.

De fotografier som gjorde störst intryck på mig satt i farmors egna fotoalbum, som hon själv hade köpt som ung. I dem hade hon samlat fotografier föreställande sig själv tillsammans med alla sina väninnor. Det var bilder från utflykter och resor, cykelturer, skidfärder och vandringen på Åreskutan i lågskor. Och det var bilder från fester och maskerader, exkursioner och till slut den efterlängtade examen från småskollärarinneseminariet. Tjugotalet, svartvitt, vackra klänningar och tjusiga skor.

Nej, min man saknar inte det som har varit, människor som har funnits eller tider som inte längre är, något som jag gör. Men jag försöker lära mig att tänka mer som han, att leva här och nu, och jag gör det i viss mån, kanske för det mesta. Men minnena från tider som har flytt finns kvar, alldeles tydliga och klara som om de befinner sig parallellt med min samtid. Och människor som har betytt mycket för mig, som min mamma och min farmor, betydelsefulla människor som inte längre finns här, viktiga människor som inte finns nu, finns likväl kvar i mitt hjärta, lika levande som när de levde. Jo, jag är nöjd med livet, och låter alla mina minnen få samspela i harmoni med nuet. För utan mina minnen blir jag ingen, för jag är en del av det förflutna.

ÅNGEST, ÅNGEST ÄR DEFINITIVT MIN ARVEDEL

Jorå, mamma låg på mentalsjukhus och morfar på hospital. Så vem är då jag? Min farmor, som var lång och smal men stadig i sinnet, brukade säga att allt är ärftligt. Ju äldre jag blir, desto mer håller jag med henne om detta. Min farhåga gentemot mina älskade barn blir då förstås särskilt omisskännelig eftersom halva deras genuppsättning kommer från mig, ostadigheten själv. Jag tittar på dem extra noga var gång vi ses, pratar om det ibland, frågar om de har haft ångest. Ja, jo, lite grann, väldigt sällan, nästan aldrig, och när den har slagit till har den inte slagit till så hårt och inte suttit i så länge. Den går över, bedyrar de och ler stabilt mot sin labila mamma. Så bra, svarar jag, och flikar in att de alltid, och då menar jag ALLTID, kan ringa till mig. Jag vet att de är vuxna, men jag är alltid deras mamma. Min telefon är alltid på, för deras skull, utifall att de behöver hjälp någon mörk och kulen natt. Då svarar jag. Alltid. Vi tittar på varandra, och jag försäkrar dem om att jag alltid orkar med dem. Även när jag är nedstämd och brottas med min egen ångest, är jag alltid rustad att finnas till för dem. Min egen ångest får i så fall vänta; barnens ångest går före min egen. Det är en regel som borde vara broderad på en väggbonad i föräldrahemmet.

För dem är jag alltid stark.

JAG VILL, JAG VILL, JAG VILL SÅ MYCKET

Det finns så mycket som jag vill.

Jag vill ta tåget till min barndomsstad oftare och träffa släkt och vänner, ta en öl, en kaffe, en promenad genom skogen.

Jag vill träffa vännerna här, i staden där jag bor, umgås och diskutera och lösa Melodikrysset tillsammans medan morgonkaffet ryker varmt i koppen på köksbordet.

Jag vill gå kurser, lära mig saker, lära mig nytt, kanske yoga eller silversmide, utvecklas helt enkelt.

Jag vill jobba som volontär, åka till ett språkcafé varje tisdagskväll, prata svenska med nyanlända, lära dem fraser och uttryck, försöka förklara den svenska kulturen och bjuda på kanelbullar.

Jag vill ta emot samtal på BRIS eller på annat sätt hjälpa utsatta barn och ungdomar eftersom jag vet hur det kan kännas att växa upp i ett hem med alltför mycket alkohol, tabletter, vassa rakblad och främmande män som inte är ens far.

Jag vill stå på barrikaderna, gärna med Extinction Rebellion, i en fredlig civil-olydnadsaktion, mitt i gatan, hindra bilarna, för miljöns skull, för vår enda planets skull.

Och om polisen tar mig – låt dem. Sätt mig i cellen bara, gör det, för om jag skulle bli tagen av polisen, skulle jag bli det för en bra sak. För jag vill göra bra saker, påverka, göra skillnad, höja min röst, våga, vara med och vara en del av allt.

Men jag stannar hemma där jag är trygg,
på behörigt avstånd från allt ansvar,
där ingen ser mig,
där inga initiativ behöver tas
ej heller några beslut,
i skydd för världen,
där varken prestation eller prestige syns till.

En del tar det personligt, vilket ger mig dåligt samvete.
Så jag förklarar, pedagogiskt, för att inte såra:
"Det är inte du – det är jag ... Jo, det är sant."

Andra glömmer bort mig helt och hållet, rusar snabbt vidare utan att titta bakåt, skålar och skrattar högt till sent om natten med dem som orkar skåla och skratta.

Men jag har fortfarande några vänner kvar som väntar på mig, som hör av sig, utan krav och några måsten.
Och jag har min familj som trots mina tillkortakommanden tycker om mig. Det är också sant.

Bakom mina progressiva, kan jag va mig själv

Ibland undrar jag om det är mina glasögons fel alltihop, att det var när jag fick dem som jag blev gammal. Jag hade fyllt femtio och hade under flera års tid haft läsglasögon inköpta billigt på Clas Ohlson, placerade i alla vrår, i hela huset, överallt, för säkerhets skull, för att alltid kunna se när jag behövde. Och jag behövde dem ofta, för att kunna läsa i mobilen, skriva i datorn, eller för att kunna läsa en helt vanlig tidning. När jag jobbade hade jag läsglasögonen på huvudet, så där som man kan ha sina solglasögon lite snyggt och avslappnat. Att de satt på huvudet var för att jag skulle ha så nära till dem som möjligt, och när jag behövde dem drog jag ner dem på näsan. Och sen åkte de upp igen. Detta resulterade i att håret på sidorna, ovanför öronen, nöttes bort av skalmarna så pass mycket att det blev en mohikanfrilla som hade passat fint på mig när jag var punkare i början av åttiotalet. Men nej, den passade mig inte nu som fyrtio-plussare på 2010-talet.

Livet med läsglasögon tog tvärt slut när jag insåg, vid femtio fyllda, att jag nog borde gå till en optiker i alla fall. Väl där, upptäckes det att jag såg dåligt även på långt håll. Progressiva glasögon lydde domen, så med en något spräckt budget tillika självbild, blev jag med ens tant. Samtidigt som en ny värld öppnade sig för mig – där jag plötsligt såg klart och tydligt, på långt håll och nära – blev jag varse mitt gamla plyte med påsar under ögonen och kalkonhals. Och jag började fundera över varför vi ser dåligt på nära håll när vi blir äldre. Är det för att vi ska slippa se hur vi åldras? För innerst inne känner vi oss som vanligt, som förr, som vi alltid gjort. Eller är det bara jag som blir förskräckt när jag råkar få syn på mig själv i en spegel, när jag reflekteras i ett fönster eller när jag får se en bild som någon oförskämd vän tagit i smyg?

Bakom mina solglasögon, sjöng Docent död 1980. Jag behöver inga solglasögon längre, för jag har skaffat såna där glas som blir mörka i solen. Det var lika bra, tänkte jag när jag skaffade mig mitt andra par progressiva. Och med dem ständigt på näsan, har mitt rörelsemönster blivit annorlunda. När jag går nerför en trappa böjer jag ner huvudet, och med krokig nacke går jag för att kunna se trappstegen genom rätt slipning. Jag kan för guds skull inte titta upp och säga hej till någon förbipasserande, för då tappar jag balansen fullständigt. Vem som helst kan se, att där kommer en äldre person som håller i sig i ledstången och fokuserat tar ett steg i taget för att inte ramla. Och när jag står nära någon och pratar, böjer jag huvudet bakåt, plirar med ögonen för att överhuvudtaget kunna se den jag pratar med genom slipningen längst ner. Inte alls som förr med andra ord, när man stod rakt, gick rakt och tittade rakt fram.

Ja, det är en konst att bli gammal. Nej, jag är inte lastgammal än, men är väldigt mycket på väg dit måste jag ändå påstå. Skrattgroparna som en gång i tiden ansågs charmiga, sitter som två djupa fåror, permanent inristade, i mina kinder som förr jämfördes med persikans släta skinn. Varför ungdomliga kinder jämförs med en luden frukt har jag dock aldrig förstått. En del i min ålder söker hjälp, kontaktar en skönhetsklinik, blir injicerade eller opererade. Nej, det är ingenting för mig, inte alls. Jag gnäller hellre ett tag till, tills jag har vant mig, för det gör man väl till slut får jag hoppas – vänjer sig. Åldrats har vi alla gjort sedan vi föddes. Inte ser vi ut som vi gjorde när vi var ett år, hade tunt hår, tjocka kinder och runda fötter. Ej heller som när vi var fjortisar, hade finnar och fett hår och undrade varför ingen blev kär i oss. Allt har sin tid, som min man brukar säga. Nu är det den här tiden, femtioårsåldern, och jag måste lära mig att acceptera min nya look, eller min nygamla look. Ja, den är ju ny för mig även om jag själv har blivit gammal.

KONSTEN ATT ROPA PÅ HJÄLP

"Ett rop på hjälp", sa man och ryckte på axlarna, sydde ihop hennes rakbladsblodiga handleder för att sedan skicka hem henne igen.

"Ett rop på hjälp", konstaterade de krasst och himlade med ögonen, magpumpade henne efter ännu en överdos tabletter för att sedan skicka hem henne, till hennes barn.

Hon ropade på hjälp så många gånger, både tyst och lite högre, så högt hon kunde, men de bara suckade och skickade hem henne, tyckte att det räckte med en veckas sjukskrivning. De menade, att hon såg söt och pigg ut, skötte sin hygien och hade lyckats få på sig lite mascara. Det bästa hon kunde göra nu var att jobba, ha rutiner, känna sig behövd, för det vet ju alla hur viktigt det är att ha ett jobb, att vara en kugge i maskineriet, att bita ihop, att härda ut.

Men hon mådde dåligt oavsett axelryckningar och expert-utlåtanden. Hon drack sig full. Hon skar sig igen. Hon tog fler överdoser av medicinen som läkarna frikostigt skrev ut. Men ingen lyssnade. Ingen tog någon notis. Det var som om de inte såg henne ordentligt; det var som om hon inte syntes, inte märktes, eftersom hon inte tog någon plats, eftersom hon inte skrek högst, eftersom hon inte var utåtagerande och envis. Istället vände hon allt inåt, mot sig själv, där ingen hörde, där inget syntes.

Strax före självmordet, ringde hon till psykakuten, för hon orkade inte längre, hon klarade inte av att leva. Hon var fyrtio år och hennes yngsta barn hade precis fyllt fyra.

"Det är ingen fara", tröstade de henne när hon ringde till psykakuten och bad om hjälp. Deras professionella bedömning av hennes mående över telefonen var att hon skulle stanna hemma. Det var så det fick bli, det var så det blev bestämt, att hon *inte* skulle komma till akuten. Ja, hon kunde lita på dem. De visste vad som var bäst, för henne. De kunde det där.

"Du klarar det här, gumman."

De la på luren.

* * *

Jag gick runt, runt i min lägenhet och visste inte vart jag skulle ta vägen. Det var i början av 1990-talet, och den enda hjälp som fanns tillgänglig då var numret till SOS Alarm dit jag ringde mitt i natten och blev kopplad till en jourhavande präst. Kanske en präst kunde hjälpa mig att hitta tillbaka, hjälpa mig att hitta marken jag tidigare hade stått på, hitta luften jag tidigare hade andats. Men jag fann ingen tröst i Guds ord hur gärna jag än ville, hur mycket jag än försökte. Till slut kontaktade jag vårdcentralen. Kanske de kunde hjälpa mig. Kanske de kunde remittera mig till psykiatrin fast jag egentligen inte ville ha kontakt med psykiatrin eftersom de inte hade tagit min mamma på allvar, eftersom de endast hade matat henne med diverse olika mediciner; eftersom de hade negligerat min mammas rop på hjälp en timme innan hon dog i suicid. Men jag visste allvarligt talat inte vad jag annars kunde göra, för att ta livet av mig ville jag egentligen inte även om det låg nära till hands.

"Jaha, och vad kan jag hjälpa dig med då?"

"Jag mår inte så bra."

"Nähä …"

"Jag bara gråter hela tiden, och jag har sån ångest som äter upp mig, och jag orkar inte leva … För två veckor sedan tog min mamma livet av sig och jag vet inte hur jag ska orka leva vidare."

"Då tar jag och skriver ut lyckopiller. Det blir jättebra!"

Jag fick ett recept på tvåhundra tabletter som jag skulle börja ta samma dag. Ingen uppföljning. Inget återbesök. Ingen remiss till psykiatrin, inte ens en samtalskontakt på vårdcentralen. Receptet slängde jag på vägen ut från vårdcentralen. Jag ville inte börja ta medicin för att döva min sorg, för att bli av med min outhärdliga ångest; jag ville inte börja dricka för att slippa känna smärtan; jag ville inte sluta som min mamma. Så jag fortsatte att gå runt, runt i min lilla lägenhet om natten och visste inte vart jag skulle ta vägen.

FESTPRISSAR SPEKULERAR & FUNDERAR

Hurru du, jag har tänkt på en sak, att när vi dör, eller när någon av oss dör före den andra – för det kommer att ske endera dagen, vare sig vi vill eller ej – förväntas vi ha begravning och bjuda in släkt och vänner och bjuda på nån kaka till kaffet, eller kanske en leverpastejtinn smörgåstårta eller något annat äckligt som vi normalt sett aldrig äter annars, i synnerhet jag som är glutenintolerant och vegan och inte vill äta palmolja och socker och konstgjorda tillsatser som alltid börjar på bokstaven E ... Förresten, vi har ju aldrig fest eller bjuder in folk i vanliga fall, nu, när vi lever. Varför ska vi betala en massa pengar till en begravningsbyrå när det bara är en av oss kvar, eller ingen alls? Visst förstår jag att det är viktigt att ta farväl av någon som man har känt och hållit av, för en längre tid eller kortare, för att hedra den man älskar ... Men varför ska vi – du och jag – spara den festen, eller avskedet, tills vi inte finns? Är det inte bättre att om vi blir sjuka och får en hint om att vi inte kommer att leva för evigt, att bjuda hem människorna då, ta en öl och säga hej och tack för den tid som har varit, skål ta mig fan och gutår!

Alltså, det är så klurigt det där, för jag märker, när vi pratar i munnen på varandra i detta nu, du och jag, att ingen av oss kommer att propsa på att ställa till någon fest, vare sig nu eller sen, för vi är ju knappast några festprissar – eller hur – som vissa andra som älskar att gå ut när det har blivit mörkt, och som ställer till med fest var gång de fyller år. Vi har inte sysslat med något sådant alls, utan som mest – nästintill – bjudit hem barnen, eller en vän, på mat som du har lagat, som vi har ätit vid köksbordet, tänt några stearinljus, diskuterat musik och språkets grammatik. Ja, vi trivs verkligen bäst här, i vårt kalla hus, med en nylagad chiligryta som värmer, hemstickade raggsockor på fötterna, musik som strömmar ut ur högtalarna under dagarna och en teveserie som lyser upp mörkret om kvällarna. Så där ja, nu har vi pratat om det man inte pratar om, och ja – det var jag som tog upp det. Och inte är du förvånad över det, inte ett dugg. Förresten, ska vi fortsätta titta på den där brittiska deckaren? I så fall vill jag poppa popcorn först. Alla avsnitt ligger ute, så vi kan – om vi orkar – klämma två avsnitt på raken.

MIN ÄLSKADE, ÄLSKADE, SAKNADE MAMMA

Mamma, mamma, min älskade mamma. Vilket enormt tomrum du lämnade efter dig. Mer än du anar, mer än du kunde förstå då, för mer än trettio år sedan. Och mycket har hänt.

För några år sedan, när jag letade efter vår släkt – vilken jag aldrig har slutat leta efter – dök din pappas namn upp på en privat hemsida, i en privatpersons släktträd. Genast kontaktade jag hemsidans ägare, förklarade vem jag var, sa att hennes mormor var syster med min morfar, och frågade om hon kunde berätta lite om vår gemensamma släkt som du och jag vet så lite om, knappt något alls. Hon svarade att hon – född i början på femtiotalet, precis som du – tidigt sattes i fosterhem, precis som du, och att inga band fanns kvar till hennes biologiska familj. Känns det igen? Med ens blev jag varse folkhemmets sanering, och jag undrar hur mycket du kände av den när du växte upp, kallad tattarjävel som du blev.

Som barn minns jag att du berättade för mig att din pappa var kusin med Calle Jularbo. Det var i princip det enda jag kände till om vår släkt, och fastän denna kända musiker var död, och ingen vi kände eller så, tyckte jag att det var stort att känna till något – även om det var lite – om vår släkt som togs ifrån dig när du var ett barn. Nu vet jag att även Calle Jularbo med familj dolde sitt ursprung och vågade inte prata romani i rädsla för vad majoritetsbefolkningen skulle tycka eller tänkas göra mot dem.

Ja, mycket har hänt sedan vi sågs, samhället har öppnats upp, resandefolket vågar äntligen visa sig, och vi som assimilerades, vi som aldrig fick höra till vår grupp, lära oss språket; vi som aldrig kände våra släktingar och därmed inte heller kunde ta del av kulturen, samlas nu i olika grupper på nätet och delar information med varandra. Och äntligen, äntligen har den gamla sanningen reviderats, den om att resandefolket var en social grupp bestående av kriminella och utstötta svenskar. Det stämmer alltså inte längre, för resande *är* en etnisk grupp precis som jag hela tiden har trott.

Ja, mycket har hänt och kommit upp till ytan ska du veta. En vitbok gavs ut 2014 av regeringskansliet som plåster på såren de tillfogat oss, och jag har lärt mig, att epitet som tattare och zigenare användes synonymt om vår etniska grupp av majoritetsbefolkningen fram till slutet av artonhundratalet när en för Sverige ny romsk grupp kom in i landet – då blev vi tattare och de zigenare. Sedan 2000 är vi en nationell minoritet, fast det förstod jag inte då, att vi var romer, men det är så vi kallas nu, efter det gemensamma språket romani, ett språk som finns i ett otal varianter. Dessvärre är vår variant, resande-romani eller svensk romani, på väg att dö ut, och jag kan bara spekulera varför det har blivit så.

Det finns många duktiga släktforskare där ute, till och med jag har släktforskat lite grann. Nu vet jag till exempel att din pappa blev upplockad av polisen som tioåring efter att han tappat bort sin pappa och sina syskon under en vandring för att förtenna kärl hos bönderna i gårdarna. Men han verkade vara duktig på att reda sig själv, din pappa, ställde sig att sjunga på gatan för att få ihop pengar till en tågbiljett, men sattes bums i barnhem när polisen fick ögonen på honom. Hans pappa gick inte att finna, då han såg till att hålla sig undan myndigheterna vilket många resande gjorde för att inte råka illa ut. Så gossen blev kvar på barnhemmet i åtta år, gick i skolan, fick högsta betyg i sång, och lärde sig att läsa och skriva. Hans lillebror däremot, alltså din farbror som var född 1910, gick aldrig i skolan, lärde sig aldrig att läsa, men köpte ändå Aftonbladet som vuxen för att kanske smälta in.

Ja, det finns så mycket jag vill berätta för dig, saker som jag fått kännedom om, saker som även du skulle ha velat veta, då, när du levde. Till exempel i en sjukhusjournal som jag kommit över, från tiden kring andra världskriget, en tid som bestod av andra ideal och sanningar än dem vi har idag, framkommer under tre tillfällen att din pappa är tattare. Svart på vitt har han blivit tilldelad sin ras; svart på vitt får jag ta del av hans längd och huvudmått, hårfärg och ögonfärg, ja till och med hans skäggfärg. När läkarsekreteraren har skrivit klart, har läkaren i efterhand korrigerat med egen penna på det maskinskrivna, och strukit över "mörk" som i hårfärg och istället, för hand, skrivit "svart". Samma sak har han gjort med skäggfärg – svart skäggfärg, svart hår, för mörkt kan inte ha varit tillräckligt mörkt när Hitler och svenska myndigheter orerade om rashygien och kris i befolkningsfrågan.

De högt aktade doktorerna rådde också din pappa att sterilisera sig. Hur han lyckades undgå att bli steriliserad, det vete gudarna, med tanke på att det enda folkhemmet brydde sig om var att bli av med "tattarplågan", ja, så pass mycket att resande-

244

folket blev den grupp som drabbades hårdast av steriliserings-lagen som instiftades 1934 men som sedan skärptes 1941 efter-som det stod i Sveriges intresse att slippa få fler tattarungar till världen. Utan tattarungar skulle rasen snart dö ut, försvinna helt och hållet, simsalabim, puts väck. Och de tattarungar som redan fanns, som till exempel du, kunde man göra dugligt folk av genom att helt sonika tvångsomhänderta, placera i fosterhem och utan vidare klippa tattarbanden för att radera allt som varit.

Jag kan inte låta bli att försöka förstå hur det hade varit om vår etniska folkgrupp hade fått vara ifred, om de hade sluppit blickarna fulla av avsky när majoritetsbefolkningen med blotta ögat kunde se den svarta kalufsen. För tänk om de inte hade behövt fara med osanning, som den där med att de kom från vallonsläkt, att det var därför de var så mörka i skinnet. Tyvärr var det väldigt många som kände sig nödgade att ljuga så, i ett försök att inte väcka anstöt eller uppmärksamhet; i ett försök att inte råka illa ut, förlora sina barn eller tvingas steriliseras. Valloner däremot var ju kända för att vara pålitliga; de var ett duktigt folk med gott rykte, medan det näst intill var skottpengar på resande-folket. Men så blev man tvungen att ljuga då, när haspen inte var på, när livet var hårt, när majoritetsbefolkningen det enda som räknades, när kravallerna 1948 i Jönköping till en början hyllades av både press och polis.

Flera av dina kusiner tvångssteriliserades, men din far kom undan, för några år efter andra världskrigets slut, föddes du. Och utan dig hade jag aldrig funnits. Du finns för alltid kvar i mitt hjärta och i mitt DNA, i mina tankar och i mina barn som du aldrig hann träffa. Så jag berättar för dem, och för deras far, om allt som hände, om min älskade mamma som blev moderlös som femåring och bryskt placerades i fosterhem, om din livs levande pappa som övertalades att inte besöka dig där för att han var tattare, om hur du som sextonåring födde mig, och att du sen blev ensamstående mamma när jag var två år.

Förresten, visste du att dina barnbarn lärde sig att spela gitarr på min Bjärton som du köpte åt mig 1977 på Hagströms musikaffär av den där snygga killen som vi tyckte liknade skådespelaren Rolf Skoglund? Jo då, det är sant, även om de nu har övergivit den nylonsträngade Skånegitarren för att spela på sina snygga Gibson- och Fender-gitarrer. De är fina, ska du veta, barnen alltså, inte gitarrerna. Du skulle ha gillat dem, och de dig. Det lilla du lämnade efter dig, efter din korta stund på jorden, finns kvar. Ditt ena barnbarn bär stolt din gula jacka med luva som du hade när jag var liten, och ditt andra barnbarn har ett silverhalsband runt halsen som du köpte på din första, och enda, utlandsresa, när du åkte till Grekland 1977.

Att du och jag stod varandra nära, mycket närmre än de flesta andra mödrar och döttrar, är jag så glad och tacksam över. Visst önskade jag då, när jag var liten och sen blev stor, att du kunde berätta för mig hur dåligt du mådde, för kanske, kanske jag kunde ha hjälpt dig. Det enda jag fick ur dig var att du mådde dåligt på grund av din barndom, saknaden efter din far och utsattheten du hade upplevt. Mer sa du inte, för du ville inte lägga på mig sådant som jag inte kunde bära; du sa att du var min mamma, och jag ditt barn, inte tvärtom.

I fosterhemmet blev du uppmanad att vara tyst, att varken höras eller synas. Givetvis fick du inte gå in i finrummet där pianot stod och två gitarrer hängde på väggen. Men du kanske gick in i finrummet någon gång, i smyg, när ingen såg, bara för att få känna på tangenterna på pianot, bara för att få stryka din hand över gitarrsträngarna. För det åkte du på en hurring som brände och sved i flera dagar efteråt.

Ibland straffades du för något annat, för att du kanske hade tagit en kaka från burken som din fostermor gömt och räknat varenda kaka däri, en kakburk hon öppnade och bjöd på först när kakorna börjat mögla. Då kunde du straffas genom att tvingas titta på när överflödiga kattungar slogs ihjäl med en stor sten. Och en gång, när du var elva, blev du helt överrumplad i köket av mannen du var tvungen att krama godnatt varje kväll och kalla för pappa, när han oväntat slog ner dig till golvet. Då hade du ont mycket längre än några dagar, förstod inte varför han hade slagit dig så brutalt, och drömde om att din riktiga pappa skulle komma och rädda dig, ta dig därifrån för att aldrig mer komma tillbaka till fosterfamiljen. Men din pappa fick inte besöka dig där, han fick inte träffa dig alls, så egentligen var det lönlöst att drömma.

Med allt det i bagaget, uppmuntrade du mig att vara öppen; du ville att jag skulle få höras, synas och bli lyssnad på, och du var en fantastisk lyssnare. Ja, för dig berättade jag allt, och då menar jag ALLT, tout, tutti, för du lärde mig att prata, att bli den jag blev. Hemma hos oss fanns inte några ämnen man inte fick eller kunde prata om; hemma hos oss fanns inte några stigman eller tabun. Där ute, bland folk, utanför vår dörr, gjorde vi inget väsen av oss alls, gjorde vi oss osynliga, men hemma var taket högt och kärleken villkorslös.

Jag vill att du ska veta att du var en underbar mamma, att jag inte kunde ha haft en bättre. Du dömde ingen, var konstnärlig, kreativ och självständig. Hade jag punktering, bar du upp cykeln till lägenheten, ställde den upp och ner på hallgolvet och lagade punkteringen med hjälp av vanliga bestick, bara så där. Du målade hallen röd och köksluckorna bruna, badrummet lila och bokhyllan i vardagsrummet svart. Du klippte mitt hår, du klädde min kropp med hemsydda kläder. Och saknades tyg till en klänning, rev du ner den snyggaste av våra gardiner och förvandlade den till en festblåsa. När jag fyllde elva år, när jag hade vuxit ur den lilla elektriska orgeln som jag fått av en av alla de män som uppvaktat dig, såg du till att ett stort, svart gammalt piano flyttade in hos oss efter att först ha vågat fråga min farmor om pengar för att överhuvudtaget ha råd att köpa det.

För några år sedan fann jag ett gammalt vykort som du skrev till mig en sommar när jag befann mig hos min farmor och farfar. Där tackar du mig för alla brev jag skrivit till dig, och du skriver att du tror att jag kommer att bli författare när jag blir stor. Och nu tror jag faktiskt att jag precis har gjort ett försök, i alla fall på mitt sätt, och jag gjorde det i smyg, precis som allt annat jag gör.

Du gav mig mitt liv, tog ditt och gick.
Men i mitt hjärta finns du kvar.
Alltid.

INNEHÅLL

II

III